그곳에 가면

그곳에 가면

초판인쇄 ǀ 2022년 8월 29일
초판발행 ǀ 2022년 9월 1일

지은이 ǀ 문기열
펴낸이 ǀ 신중현
펴낸곳 ǀ 도서출판학이사

출판등록 : 제25100-2005-28호
주소 : 대구광역시 달서구 문화회관11안길 22-1(장동)
전화 : (053) 554~3431, 3432
팩스 : (053) 554~3433
홈페이지 : http:// www.학이사.kr
전자우편 : hes3431@naver.com

ISBN _ 979-11-5854-382-2 03810

길 위에서 배우는 인문 기행

그곳에 가면

글·사진 문기열

學而思 | 학이사

그곳에
가면

여행은 대문을 나서는 순간부터 시작된다

내가 태어나고 자란 곳은 지리산 끝자락에 자리한 산촌이다. 겨우 하루에 버스가 두 번 들어오던 산골이었다. 이러한 내게 첫 여행은 초등학교 수학여행이었다. 그 전까지 여행이라고는 장에 가시던 아버지를 따라 한두 번 읍내에 간 게 전부였다. 그렇기 때문에 기차를 본 것도 그때가 처음이었다. 부산으로 수학여행을 떠나면서 처음으로 기차를 탔고, 터널을 지나는 경험을 했다. 목적지인 부산에서 영도다리를 보고 용두산공원에서 조각품이지만 용을 봤다. 그렇게 도시의 기억을 어린 가슴속에 품었다.

고등학생 시절에 처음으로 지리산에 발을 디뎠다. 그 충격은 실로 엄청났다. 그래서 대학에 가서는 친구와 장맛비를 맞으며 보름 동안이나 지리산 구석구석을 돌아다니기도 했다. 지금도 그 시절을 떠올리며 지리산을 찾곤 하지만, 탐방로 외에는 다닐 수 없다는 아쉬움이 있다. 자연을 보호하기 위해서는 어쩔 수 없는 일이지만, 지리산 속살 깊이 찾아들고 싶은 욕심은 있다. 도회지의 탁한 공기에 찌들어 있다가도 주말만 되면 산으로 도망을 쳤다. 그렇게 산에서 나무와 인연을 맺고 여행이 시작되었다.

적십자 등산학교를 거쳐 한국산악회와 인연을 맺었다. 그곳에서 등산학교 책임강사, 청소년 백두대간 책임강사, 숲체험 책임강사, 산림교육전문가 등 다양한 일을 했고, 여러 배움의 기회도 얻었다. 배움에 맛을 들이니 이제는 욕심이 생겨 나무나 식물에 대한 구체적인 공부가 하고 싶어졌다. 그렇게 한국방송통신대학교 농학과에 편입하여 식물에 대해 본격적으로 공부하기 시작했다. 아는 만큼 보인다고 했다. 아는 것이 많아지니 여행을 다니며 자연과 깊이 교감을 할 수 있게 되었다. 최근에는 트리마스터, 아보리스트 교육을 마쳐 나무를 보는 눈이 더욱 넓어진 것 같다.

　숲이 좋고 식물이 좋고 나무가 좋다. 그래서 틈만 나면 숲으로 발걸음을 향한다. 여행길에서 만나는 자연은 언제나 나를 반겨주고 품에 안아준다. 그리고 나에게 행복이 무엇인지를 알려준다. 오로지 자신만을 위해 당신은 얼마나 시간을 낼 수 있는가? 여행은 대문을 나서는 순간부터 시작된다. 두려워하지도 말고 망설이지도 말 일이다. 그저 떠나자. 나 자신을 위해서. 누군가 한 사람이라도 이 책을 읽고 떠날 수 있는 용기를 가진다면, 글쓴이의 기쁨은 더할 수 없을 것이다.

2022. 8.
초록배낭 문기열

■ 차례

1. 경상북도

2. 경상남도

3. 부산광역시

4. 울산광역시

5. 강원도

6. 전라도

경상북도

01
청도 운문사
암자를 그리다

반짝하던 여름장마! 끝나지 않는 가을장마! 구름은 잠을 못 이루고 떠나간 님을 그리워하듯 하루 건너 눈물을 쏟아낸다. 높다란 하늘은 구름을 띄웠다 해님을 보냈다, 다시 마구 펑펑 눈물을 쏟아내기도 한다.

모처럼 파란 하늘을 올려다보며 청도로 향한다. 삶에 찌든 자동차도 사람도, 모두 코로나를 피해 산으로 들로 흩어진다. 밀려나는 가로수는 올해도 제 할 일을 다한 듯 마지막 푸르름을 쏟아내고 있다.

언양 톨게이트를 지나 시내를 빠져나오면 오리들의 보금자리 단독 주택이 들판 한가운데 즐비하게 자리 잡고 있다. 고개 너머 우뚝 솟은 영남 알프스 산군은 구름을 이고 가지산 큰 형집에 옹기종기 모여 앉아 세상사를 한탄한다.

온천지구를 지나 새로 뚫린 터널을 지나면 냇물이 천문사 삼계계곡을 따라 구불구불 이어진다. 냇물은 아래로 흘러 낙동강으로 떠나보내고 어느새 차는 운문사 매표소를 지나 소나무 숲길을 맞이한다.

청도 운문사로 향하는 골길은 깊고 느리다. 솔숲 사이로 바람 타고 날아오는 예불 소리가 은은하게 흩날리고, 산사에는 이제 가을 바람 한 점이 얹힌다. 청도의 마을은 호젓한 물길과 닿아 있다. 운문호에서 흘러내린 동창천은 청도 읍내를 가로지른 청도천과 만나 낙동강으로 유유히 흘러 들어간다. 청도 운문사는 운문호 너머 운문산 기슭에 자리해 있다. 운문산, 가지산, 비슬산이 둘러싼 사찰은 연꽃 한가운데의 꽃술처럼 안긴 자태다.

먼저 북대암으로 향한다. 산 중턱에 자리한 북대암은 커다란 바위군과 호거산의 정상을 머리에 이고 발 아래 여행객을 보살피고 있다. 이곳은 경사가 워낙 가팔라 앞으로 두 걸음, 뒤로 한 걸음 나아가야 한다. 이마저도 다리 힘이 없으면 앞으로 한 걸음, 뒤로 두 걸음 가기 십상이다.

북대암은 운문사에서 보면 북쪽에 위치하고 높은 곳에 제비집처럼 지어졌다 해서 이러한 이름이 붙여졌다. 이곳은 운문사 암자 중에 제일 먼저 세워졌다. 앞으로는 운문사 전경이 동양화처럼 펼쳐지고 뒤로는 흰 바위들이 근육을 자랑하듯 병풍처럼 둘러있다. 그 사이사이 청청한 소나무들이 세월을 지키고 있다.

법당 한가운데를 분홍으로 물들이는 여름꽃 배롱나무는 암석과 소나무를 벗 삼아 가지마다 피고 지기를 100일 동안이나 반복한다. 정갈하게 꾸며진 산사는 말없이 먼 곳을 바라보며 속세의 먼지를 털어내고, 지나는 먹구름은 또 다시 바람을 부른다. 이곳의 아름다움과 느낌은 올 때마다 다르다. 아쉬움을 남기고 발길을 돌려 북대암 계단을 내려선다.

다시 정갈하게 단장된 내원암으로 발을 들인다. 소나무와 전나무가 인상적인 내원암 숲길은 누구든 감탄을 자아내게 만드는 호젓한 길이다. 아쉬움이 있다면 포장이 되어 있다는 것일까. 벌써 이곳은 가을을 알리는 단풍이 지나는 길마다 살포시 내려앉아 있다. 지나는 사람이 혹시라도 다칠까, 자연이 깔아준 꽃단장 융단이다. 가끔씩 도토리거위벌레가 월동 준비를 위해서 나뭇가지를 잘라 육지로 비행시킨다. 다정하게 의지하며 몇백 년을 어깨동무하며 살고 있는 전나무와 소나무가 나의 마음을 앗아간다.

고운 길을 따라 20여 분 정도 오르면 창신암을 지나 내원암 입구에 다다른다. 커다란 태산목이 붉은 열매를 단 채로 입구를 지키고 있고, 계단 너머로 보이는 암자는 여행객의 스트레스를 풀어준다. 입구의 대나무 숲 사이, 이끼 다리 건너서 나는 약수는 나그네의 시름을 달래기 충분하다. 한 모금 생수를 털어 넣어 열기를 내려보낸다. 예쁘게 담장을 꾸며 놓은 해우소에서 잠시 쉬었다가 법당과 소각장을 지나 개울을 건너 내원봉으로 향한다.

울창한 숲은 우산이 되어주고, 흐르는 땀은 얼굴을 뒹굴며 살갗을 간지럽힌다. 태고의 모습을 찾아가는 양 이끼가 돌 위로 피어난다. 이끼를 등에 진 돌 사이를 비집고 물은 계속해서 흐른다.

오르고 쉬고를 반복하니 어느새 삼거리 능선에 올라섰다. 내원암과 운문사는 어느덧 멀어져 능선 끝에 놓여 있다. 갈 곳 잃은 구름 따라 완만한 등산로를 30분 정도 오르자 옛 헬기장 내원봉에 도착한다. 쉬다 놀다 자연과 친구하며 오다 보니 여기까지 두 시간이 넘게 걸렸다. 나 혼자 오롯이 빌린 이 거대한 자연을 어찌 그냥 휙 지나칠 수가 있겠는가?

발품 팔아 얻은 맑은 공기, 바람 소리, 새소리, 가을을 알리는 풀벌레 소리, 머리에 이고 있는 구름과 하늘, 오르며 벗해준 나무와 풀들…… 모두가 동반자다. 잠시 한숨 돌리고 다시 삼계봉으로 이어지는 능선을 밟는다. 발아래 운문사는 자꾸 나를 따라오고 저 멀리 차곡차곡 어깨를 포개고 있는 이름 모를 산군들은 하얀 중절모를 쓰고 어디론가 사라졌다 나타나기를 반복한다.

삼계봉을 뒤로하고 다시 사리암봉 삼거리를 향해 걷는다. 이제는 좀 완만한 하산길이라 한결 수월하다. 따라오던 운문사는 숲속에 숨어버리고 나홀로 나그네 되어 산길을 걷는다. 정상 표지석이 없는 사리암봉 삼거리에서 우측을 택하면 사리암으로 향한다. 여기서부터 사리암 입구까지는 다시 급경사 내리막길이다. 나무에 의지한 채로 발목에 힘을 주고 걷다 보면 저만치 사리암봉은 멀어져 있다.

능선을 한 바퀴 돌면 어느새 사리암 계단과 마주한다. 사리암은 영남 사람들에게는 유명한 기도처다. 오늘도 계단을 오르내리는 여행객들은 각자의 소원을 부처님께 빌 것이다. 호거산은 암산이라 이곳 사리암도 암석들로 둘러싸여 있다. 기다리는 사람이 오지 않아도 나무, 바위, 풀꽃, 하늘이 산을 감싸고 있다.

옛날 여기에 오른 많은 중생은 누구를 기다리고 있었을까? 누굴 기다렸는데 오지 않아 나무가 되고 바위가 되고 풀꽃이 되고 푸른 하늘이 되었을까? 계단 끝에 위치한 두 갈래 나무 형제는 누구를 기다리다 나무가 되었을까?

법당 앞의 청돌배나무가 주렁주렁 열매를 매단 걸 보니 봄, 여름에 부지런히 벌과 나비를 불러모아 후손을 만들었나 보다. 담장 너머 꽃들은 이제 가을에게 계절을 양보하려는 듯 고개를 숙이고 있다. 법당에서 두 손 모아 합장하고 삼배로 소원을 빌었다. 하산을 서두를 때다. 다시 비가 우두둑 떨어지고 후덥지근하던 열기는 잠시 빗속으로 사라진다.

계단을 오르는 이, 내려가는 이, 모두 세 발로 움직인다. '아침에는 네 발, 점심에는 두 발, 저녁에는 세 발로 걷는 생물이 무엇인가?' 하는 수수께끼가 절로 떠오른다. 하지만 이곳에서는 아침, 점심, 저녁, 언제든 누구든 세 발 아니면 네 발로 걷는 것 같다. 계단 중간의 약수터에서 목을 축이고 각자 슬기롭게 살아가는 식물들을 보며 주차장으로 향한다.

명경처럼 맑은 계곡수는 계속된 비로 바닥 자갈까지 반짝거린다. 장마 탓으로 숲길 이곳저곳 버섯들이 피어 있다. 그물버섯, 광대버섯, 망태버섯, 무당버섯, 노랑무당버섯, 독우산광대버섯, 달걀버섯……. 물길을 따라 사부작사부작 걷다 보니 어느새 발길은 운문사 경내에 머문다.

운문사는 비구니 스님 사찰로 잘 알려져 있다. 이른 새벽, 200여 명의 비구니 스님이 독경하는 예불 소리가 여명과 어우러져 아름답다. 역사적으로는 일연 스님이 이곳에서 삼국유사를 집필한 것으로 알려져 있다. 운문사는 평지 사찰이지만 호거산, 북대암, 창신암, 내원암, 호거암, 사리암 등 주변이 산으로 둘러싸여 있어 아늑하고 평온한 느낌이 든다. 그리고 구석구석 잘 정돈된 사찰에는 스님들의 바지런함이 묻어난다.

운문사 처진 소나무는 더욱더 웅장한 위용을 자랑하며 펼쳐져 있다. 주차장과 마주한 담장은 보는 이로 하여금 옛 한옥마을의 정취를 느끼게 한다. 후덥지근하고 변덕스런 날씨 탓에 쉽지는 않았지만 또 하나의 추억이 인생의 페이지에 새겨졌다. 운문사 암자를 가슴에 담으며.

사람들은 20대, 30대를 청춘이라고 이야기한다. 하지만 나는 그렇게 생각하지 않는다. 바로 오늘이 청춘이다. 그래서 나는 내 생이 끝날 때까지 청춘으로 살고 싶다. 90세든 100세든, 그날, 그 시간이 바로 내가 가장 젊은 날이니까.

02

영주 희방사와 부석사
시간을 건너는 마을

        경부고속도로를 따라 영천으로 향
했다가 다시 상주고속도로를 타고 상주 방향으로 향한다. 상주 방
향 삼국유사 휴게소는 특색 있는 이벤트와 음식들이 많은 곳이라
이쪽 방면으로 여행을 하게 되면 꼭 들르는 곳이다. 그러나 지금은
코로나로 이곳 역시 조용하기만 하다. 잠시 휴식을 취하고 다시 중
앙고속도로를 달리다 보면 영주 IC를 벗어난다. 오른쪽은 영주, 왼
쪽은 예천이다.

  영주는 소백산 자락의 동남쪽에 위치하고 있다. 옛부터 십승지
지 중 첫 번째로 꼽을 정도로 명승지이다. 영주 풍기권은 빼어난
경관 못지 않게 문화의 향기가 가득하고 소백산이 영주 분지를 병
풍처럼 안아 감싸고 있어 포근하다. 영주 곳곳의 아름다운 자연과
구석구석 귀중한 문화재가 여행객을 반긴다.

  소백산을 넘는 길은 죽령이 유일했었지만 이제는 터널이 생겨
단번에 단양으로 달릴 수도 있고, 옛길을 따라 희방사나 희방계곡,

희방폭포를 볼 수도 있다. 특히 희방사는 석학 서거정이 '하늘이 내려 주신 꿈 속에서 노니는 곳'이라 극찬했던 곳이기도 하다.

희방폭포 위에는 신라 때 두운조사가 창건한 희방사가 다소곳이 자리 잡고 있다. 1961년 UN군의 방화로 이 절에 보관되어 있던 『월인석보』가 소실되고 절은 폐허가 되었다. 그 후 재건을 통해 지금의 모습이 되었다고 한다. 역사의 흔적을 아련히 떠올려 보며 희방계곡을 돌아나와 풍기 금선계곡으로 들어선다.

소백산 비로봉에서 시작된 물줄기는 나무와 풀을 적시고, 깊은 샘을 이룬다. 물줄기는 다시 몇천 굽이를 돌아 『정감록』의 고장인 금계리에서 잠시 머문다. 금계리는 계절의 변화에 세월을 넘기는 소백산의 경치와 맑은 계곡물, 사철 울창한 노송숲이 잘 어우러진 곳이다.

금선계곡을 벗어나 국망봉에서 발원한 물은 소수서원을 감싸안고 금당반석과 기암괴석을 휘감아 떨어지면서 죽계계곡을 이룬다. 죽계계곡은 조선 영조 4년 순흥부사 신필하가 죽계구곡이라 처음 명명하였으며, 조선 중기에는 퇴계 이황이 계곡 아홉 개의 소마다 각각의 이름을 붙여 주었다. 죽계계곡은 맨 위 1곡 '금당반석'에서 시작하여 9곡 '이화동'에 이르기까지 굽이마다 원시림과 맑은 물이 어우러져 절정을 이룬다. 계곡을 따라 다리를 건너면 신라 고찰 초암사가 나오고 달밭골 비로사로 길이 이어진다.

죽계계곡이 끝나는 자락에는 소수서원이 자리를 잡고 있다. 소수서원은 조선 중종 때 풍기 군수 주세붕이 안향을 추모하여 세운 우리나라 최초의 서원이다. 또한 명종 때 이황이 왕에게 소수서원이라는 친필 사액을 받은 최초의 사액 서원이기도 하다.

소수서원은 특이하게도 서원 입구에 절에서 괘불을 걸 때 기둥받침으로 쓰는 당간지주가 있다. 이곳에는 본래 숙주사라는 큰 절이 있었는데, 당시 숭유억불 정책으로 인해 몰락하고 절의 흔적인 당간지주만 남아 세월의 흔적을 간직하고 있는 것이다.

이제는 외곽길이 생겨 영주 시내를 거치지 않고 도로를 따라 20여 분 달리면 왼편에 백로 서식지 전망대가 나온다. 그리고 다시 세계 콩과학관을 지나면 잠시 후에 봉황산 아래 자리 잡은 부석사가 보인다. 신라 때 의상대사가 창건한 부석사는 우리나라에서 가장 아름다운 절집이다. 그 아름다움을 인정받아 2018년, '산사, 한국의 산지승원'이라는 명칭으로 유네스코 세계유산에 등재되기도 하였다. 무량수전, 조사당, 석등 등 여러 국보와 보물이 즐비한 문화재의 보고이자 뼈저리게 사무치는 마음으로 오고 또 오게 만드는 위대한 건축물이다.

주차를 끝내면 유네스코 유산이라 새겨진 커다란 바위를 마주할 수 있다. 매표소를 지나면 봄 준비를 위해 봉긋봉긋 겨울눈이 도열한 은행나무가 보인다. 그리고 그 너머로 저 산 위에 걸려있는 기와 지붕들이 소복소복 산봉우리와 함께 쌓여 있다.

부석사 일주문을 지나면 탱자나무 울타리를 따라 수없는 돌계단이 이어진다. 영주 부석사는 의성 고운사의 말사이며 의상대사가 신라 문무왕의 뜻에 따라 창건했다. 부석사에는 무량수전, 당간지주, 범종루, 안양루, 석등, 삼층 석탑, 조사당, 관음전 등 국보와 보물이 산재해 있다.

부석사 무량수전은 국보 제18호이며 우리나라에서 두 번째로 오래된 목조 건물로도 유명하다. 특히 팔각 지붕과 배흘림 기둥이 유명하다. 부석사는 여타 절과 다른 특이한 점이 있는데, 바로 법당 출입문의 위치이다. 대부분의 법당은 남향으로, 일반 신도 출입문이 양옆에 있지만 부석사 무량수전의 출입문은 한가운데에 있다. 안으로 들어서면 아미타불상이 좌측에 자리 잡고 있다.

부석사 스님의 말에 따르면 처음 무량수전을 지을 때, 공간이 좁아 아미타불을 정면에 앉히면 신도들이 공부할 자리가 부족해 이런 형태가 되었다고 한다. 게다가 서쪽에 불상이 있다는 건 극락세계인 서방정토에 부처님이 계시다는 걸 의미한다.

법당에서 나와 서쪽 먼 곳을 바라보면 소백산이 하얀 두건을 쓴 채로 그 위용을 자랑하고 있다. 손에 잡힐 것만 같은 소백산을 뒤로하고, 산신각을 돌아 주차장으로 향한다. 영주 시내를 지나서 5번 국도를 따라가다 보면 어느덧 문수면에 도착한다.

조금 더 달리자 내성천이 휘감는 무섬마을에 다다른다. 이곳은 안동 화회마을, 예천 회룡포, 영월 청령포와 같이 3면이 물길로 둘러싸인 마을이다. ‘무섬’이란 ‘물섬〔水島〕’에서 따온 이름이다. ‘수도리’역시 한자어로 풀어보면 ‘수도水島’, 즉 ‘물섬’이라는 의미다. 물에 갇힌 섬마을인 무섬마을은 시간마저 그 물길과 함께 함께 흘러가는 듯하다. 옛 시골의 정취와 인심, 그리고 선비의 무심

한 듯한 그리움이 한가로운 마을에 물처럼 흐른다.

이 마을의 역사는 1666년까지 거슬러 올라간다. 강 건너 반남 박씨인 박수가 이곳에 처음 들어왔고, 그 후 그의 사위인 김대라는 사람이 들어와 일가를 이루어 박씨와 김씨가 집성촌을 이루고 있다. 1979년까지는 외나무다리가 유일한 출입구였으나, 콘크리트 교량이 건설되며 사라졌었다. 그러나 2005년, 외나무다리가 복원되며 관광객들에게 무섬마을의 추억을 알리고 있다.

외나무다리를 뒤로하고 김뢰진 가옥으로 향한다. 청록파 시인 조지훈 선생의 처가로 유명한 곳이다. 마당에 핀 아름다운 꽃들이 여행객을 맞이한다. 조지훈 시인은 이곳에 머물며 자신의 시 「별리」를 완성했다.

이제 임이 가시고 가을이 오면
원앙침 비인 자리를 무엇으로 가리울고

시인이 말한 마을은 아직도 큰 변함이 없고, 마을 곳곳에 자리 잡은 고택은 집집마다 살뜰한 기운이 가득하다. 눈길이 돌담을 넘는 순간, 마음은 시간을 넘는다.

무섬마을은 만죽재고택, 섬계고택, 김뢰진가옥, 해우당고택, 만운고택, 무송헌종택 등 많은 고택들이 현재까지 보전되고 있으며 후손들이 기거하고 있다. 그러나 사실 이곳은 고택보다는 옛날 마을의 출입구 역할을 하던 외나무다리로 더 유명하다.

마을이 처음 만들어졌을 때의 외나무다리는 길이가 150m, 폭이 30cm였다. 웬만한 강심장이 아니면 건너기도 어려울 정도로 길고, 높고, 좁은 다리였다. 다리가 해마다 홍수로 떠내려가는 바람에 지금은 튼튼한 시멘트 다리를 많이 이용한다. 시멘트 다리를 건너 주차장에 주차하면 자전거를 빌려주는 곳이 있다. 자전거로 마을을 돌아보는 것도 좋겠지만, 그래도 여행의 묘미는 걷는 것이다.

수많은 절경과 문화 유적만큼이나 영주를 잊지 못하게 하는 것은 역시 인삼밭과 사과밭이다. 영주에는 가는 곳마다 인삼밭과 사과밭이 지천으로 깔려있다. 어느 가을날, 단풍이 물든 소백산 그늘 아래 까만 차양막으로 가득 덮인 인삼밭과 빨갛게 익어가는 사과밭의 풍경을 떠올려 보자. 굳이 이름난 곳을 가지 않더라도 눈만 돌리면 여기저기 꾸밈없는 자연이 다가오는 풍경. 그저 아름답기만 한 풍경. 그런 풍경이 있는 곳이 바로 영주다.

03
군위 화본역
추억의 한 페이지를 넘기다

봄을 기다리는 설렘은 그 어느 해
보다도 간절하다. 땅속 여기저기서 봄의 전쟁이 시작되었다. 누가
먼저 세상 밖으로 돌진하는지도 식물에게는 한 해의 운명을 좌우
하는 중요한 경쟁이다.

땅속 씨앗은 세상 밖의 코로나를 모른다. 하지만 인간은 아이러
니하게도 우리의 일상을 완전히 바꾸어버린 코로나가 봄바람에 실
려 멀리 사라지기를 기도한다. 나도 그 기도에 힘을 실으며 봄바람
을 타고 군위로 향한다.

경부고속도로와 상주영천고속도로를 1시간 30분 정도 달리면
동군위 나들목이 나온다. 톨게이트에서 10분 정도 더 달리면 첫 여
행지인 화본 간이역에 들어선다. 톨게이트를 빠져나와 오른쪽으로
꺾은 후, 조그만 야산을 오르면 정면에 화본역의 상징인 급수탑이
보인다.

화본역은 우보역과 봉림역 사이에 위치하고 있다. 고개를 넘어

마늘 들판을 지나 철길을 건너면 좌측으로 화본마을 중심지가 나오고 그 끝에 화본역이 자리해 있다. 화본역은 1938년 2월에 준공한 중앙선의 아담한 간이역이다. 지금은 상행과 하행 각 3회 운행하며 화물 열차가 40회 정도 통과한다. 부산에서는 부전역이나 센텀역에서 탑승할 수 있다. 약 3시간 정도 소요되니, 이 열차야말로 느림의 미학이라 할 수 있겠다.

화본역사로 들어서면 화본역 임시역장직을 맡았던 연예인 손현주의 사진이 반긴다. 역사를 보고 있자니 영천, 우보 장날이 되면 우리네 부모님이 한 보따리씩 이고 지고 열차에 오르던 모습이 선하다. 장에 간 어머니를 기다리던, 아니, 어머니의 손에 들린 그 무언가를 기다리던 코흘리개의 모습도 문득 떠오른다.

사진 촬영용 소품인 역무원 모자를 쓰고 사진을 찍고 있으니 관광객이 다가와 묻는다. 아마 역장인 줄 알았나 보다. 그에 자신은 역장이 아니라 답하니 내 모습이 꼭 역장 같다며 일행분들이 박장대소를 한다. 한바탕 웃고 나니 이번 여행도 잘 풀릴 것 같은 느낌이 든다.

플랫폼으로 나가려면 입장료 1,000원을 내야 한다. 티켓을 발급받아 플랫폼으로 나서면 가끔씩 오가는 열차를 볼 수 있다. 플랫폼에서는 어릴 적 추억의 철길 위 사진 찍기가 한창이다.

철길을 건너 나무 울타리 사이로 나가면 급수탑으로 갈 수 있다. 플랫폼으로 나가고 싶지 않다면 동군위 톨게이트를 나서 철길을 건너기 전, 농로를 따라 좌측으로 가면 급수탑을 그냥 구경할 수도 있다.

이 급수탑은 1899년부터 1967년까지 국토를 누비던 증기 기관차의 산실이나 다름없다. 이제 증기 기관차는 역사의 저편으로 사라졌지만, 아직도 전국에는 20여 개의 급수탑이 남아 있다. 증기 기관차는 추억의 한 페이지가 되었지만 급수탑은 남아 증기 기관차 시대를 증명하고 있는 것이다.

다시 역사로 들어와 스탬프로 추억을 남기고 역 입구의 꽈배기 가게에서 꽈배기 한 봉지를 산다. 꽈배기를 달랑 든 채로 길을 건너 '엄마아빠 어렸을 적에' 박물관으로 향한다. 이 박물관은 폐교된 중학교 건물을 활용해서 만든 공간으로, 둘러보는 것만으로도 옛 추억이 솟아난다.

가까이 다가가면 완장을 찬 선도부원이 눈을 부라린 채로 정문 입구를 지키고 있다. 운동장은 어린이를 위한 놀이기구들이 마음껏 뛰놀 꼬맹이들을 기다린다. 교실 안에는 그때 그 시절 추억의 물품이 가득하다.

성적표, 졸업장, 난로 위의 도시락, 풍금, 주판……. 복도로 나서면 생필품이 가득 진열되어 있어 보는 사람으로 하여금 추억의 페이지를 넘기게 만든다. 복도를 쭉 나아가 복도 끝에 다다르면 사회상을 반영하는 가게들과 각종 포스터, 구멍가게, 연탄집, 문방구 등이 추억 여행을 안내한다.

다시 정문으로 나오면 길 건너편에 화본역의 풍경을 담을 수 있는 포토존이 마련되어 있다. 여기서 화본역의 정을 다시 한번 담아

본다.

28번 국도를 따라 10여 분 달리면 삼국유사 테마파크가 나온다. 가는 길 양쪽에 도열한 대추나무는 새 가지를 올린 채로 노익장을 과시하며 세월의 무게를 알리고, 농부는 전정剪定으로 한 해 농사를 준비하느라 대추나무만큼 주름진 손으로 자식 어루만지기 바쁘다.

테마파크는 조성된 지 얼마 되지 않았지만 어린이 놀이공원으로 잘 꾸며져 있다. 그 때문인지 어린이의 손을 잡고 나들이 온 가족이 많았다. 손을 잡을 어린이가 없는 나는 입구에서만 만족하고 발길을 돌렸다.

다시 28번 국도를 따라 20분 정도를 달리면 2018년 2월, 우리를 농촌으로 안내한 〈리틀 포레스트〉의 촬영지로 향한다. 이곳 우보면 미성리는 임순례 감독이 2년 동안 전국을 돌며 헤맨 끝에 찾아낸 농촌마을이다. 〈리틀 포레스트〉는 일본을 배경으로 한 만화가 원작이지만 한적한 시골에서 자란 나에게는 그저 그 시대의 청춘 이야기였다.

철길을 건너 농로길을 따라 다리에 닿으면 오구가 오늘도 혜원을 기다리며 맨 먼저 반긴다. 다리를 건너면 주차장과 전형적인 시골집 한 채가 동떨어져 있다. 집 앞에는 구천이 흐르고, 사립문 앞에는 흙 돌담을 지키는 커다란 대추나무가 혜원과 재하를 기다린다. 집 내부에서 창 사이로 들어오는 들판 풍경은 액자나 다름없다.

줄지어 들어서는 차량들을 밀어내고 다시 28번 국도와 908번 지방도를 따라 인각사로 향한다. 인각사는 신라 선덕여왕 때 의상이 창건하였다고 전해지며 고려시대에는 보각국사 일연 스님이 역사서인 『삼국유사』를 지은 곳이기도 하다. 사찰이 들어선 자리가 전설의 동물인 기린의 뿔에 해당하는 지점이라 하여 기린의 뿔이라는 뜻의 '인각사' 라는 이름이 붙었다 한다.

절을 마주하고 옥녀봉에서 흐르는 물은 일연 스님의 어머니 산소가 있는 학소대를 휘돌아나간다. 이 길을 따라가면 잘 정비된 일연 테마로드를 걸을 수 있다. 여기서 다시 차를 돌려 화산마을로 향한다,

바람 좋은 저녁, 캠핑장을 지나 화산마을 입구에 도착한다. 산을 7km 정도 오르면 정상에 화산산성과 화산마을이 자리하고 있다. 겨우 승용차 두 대 비켜나는 비좁은 시멘트 길을 달리며 섰다가 비켜주기를 반복한다.

그렇게 핸들을 좌우로 흔들기를 반복하며 30여 분 정도를 힘겹게 오르면 드디어 화산마을에 닿는다. 오른쪽 길을 따라 끝까지 오르면 정상에 전망대가 나타난다. 산 정상에 이런 평지가 있다는게 경이롭다. 밀양 표충사 가는 길목 백마산 중턱에 위치한 바드리마을도 이렇게 넓지는 않다.

널따란 밭에는 겨울을 이겨내고 봄의 기지개를 켜는 로제트 식물들이 지천이다. 그 모진 한겨울 추위를 겨우 이겨내고 봄을 기다리는데 난데없이 인간들이 나타나 괴롭힌다. 이것도 어쩔 수 없는

냉이의 숙명일 테다.

쉴 새 없이 오르내리는 승용차들이 뿌연 먼지를 내며 사라졌다 나타나기를 반복한다. 이 길은 워낙 좁고 차량이 많아 일방통행이니 주의하기 바란다. 여기 사는 주민들은 정말 불편할 것 같다는 생각까지 든다. 하지만 나 역시 어쩔 수 없이 그 행렬에 끼어 풍차 전망대로 향한다.

전망대에는 임진왜란 때 유성룡 재상이 읊은 옥정영원의 칠언절구가 있다. 재상이 가을에 이곳에 와서 옥정을 마시고 시원함에 반해 읊은 것이 지금까지 전해져 내려오고 있다고 한다.

풍차 전망대에 서면 발아래로 군위댐과 일연공원이 한눈에 들어온다. 꼬불길을 따라 줄지어 오르락내리락하는 자동차 행렬도 제법 볼만하다. 해발 828m 고지에 위치해 있어 일출과 일몰 역시 장관이다.

기나긴 차량 행렬에 합류하여 오늘의 마지막 여행지인 군위삼존석불로 향한다. 자연 절벽 동굴 속에 만들어진 이 석불은 팔공산 연봉 북쪽 커다란 암석, 그것도 지상에서 20m 높이에 안치되어 있다.

석굴 내에는 700년경 조성된 본존불인 아미타삼존불이 결가부좌한 모습으로 안치되어 있고 본존불 좌우로 대세지보살, 관세음보살이 지키고 있다. 그 유명한 경주 석굴암보다 1세기 앞선 석불이기 때문에 역사적으로 중요한 가치를 지닌다.

석굴에서 되돌아 나와 다리를 건너면 오른쪽에 양산서원이 있는

데, 이 양산서원은 정조 10년에 설립된 지방교육기관이다. 다만 부림 홍씨의 세거지라 안을 구경하기는 어렵다. 팔공산 둘레길을 따라 옆에는 서원을 지키는 400년 왕버들 노거수 세 그루가 버티고 있다.

04
안동 하회마을
그 시절의 역사를 품은 강

———

안동 하회마을은 부산에서 2시간 30분 거리에 있다. 경부고속도로에서 상주영천고속도로로, 그리고 다시 중앙고속도로를 탔다가 남안동 IC로 나가면 갈 수 있다. 중앙고속도로가 생기기 전에는 영천에서 의성을 거쳐, 꼬불꼬불 국도를 타고 서너 시간은 달려야 겨우 닿을 수 있는 곳이었다. 지금도 안동 하회마을은 대한민국 유교 문화의 본고장이며 정신 문화의 수도로 자리매김 하고 있다. 민속 문화의 자부심이자 2010년 7월 31일, 유네스코 세계유산에 등재된 하회마을로 떠나보자.

안동시는 한국 정신 문화의 수도이자 경북도청 소재지이다. 이현보, 이황, 류성룡, 김성일 등 수많은 문인과 이상룡, 이육사, 권오설 등의 독립운동가를 배출한 고장이기도 하다. 봉정사, 도산서원, 병산서원, 하회마을, 월영교 등 관광지도 많아 늘 관광객들이 찾는 곳이다.

하회마을은 풍산 류씨 동성 마을로, 낙동강의 지류가 마을을 감싸며 S자형으로 휘돌아가며 흐른다. 그리하여 마을 이름도 하회라 불리게 되었고, 배꽃이 만발하여 이화촌이라고도 불린다. 마을을 중심으로 3개의 산이 병풍처럼 둘러싸여 있으며 마을 앞으로 유유히 흐르는 낙동강이 절경을 이룬다. 기암절벽인 부용대와 끝없이 펼쳐진 백사장, 울창한 소나무 숲길 역시 장관이다. 조선 전기 이래의 건축물과 하회 별신굿 탈놀이, 유선줄 불놀이 등 다양한 민속 문화가 그대로 남아 있어 전통 문화를 체험하기에 가장 좋은 마을이라 할 수 있다.

안동은 류성룡이 성장하고 『징비록』을 집필한 곳이기도 하다. 서애 류성룡은 경상도 의성에 있는 외갓집에서 태어나 퇴계 이황의 문하에서 수학했다. 동인과 서인으로 분당되자 동인으로 활동했고, 동인이 다시 북인과 남인으로 분당하자 남인으로 활동했다.

류성룡은 대제학, 이조 판서, 우의정 등의 관직을 역임했고 임진왜란 직전에 종6품 정읍현감이었던 이순신을 정3품 전라좌수사로 천거시켰다. 만약 류성룡이 이순신을 천거하지 않았다면 어떻게 되었을까?

임진왜란이 일어나자 4도 체찰사와 영의정으로 전쟁을 지휘했다. 임진왜란이 끝나자 북인들의 상소로 관직에서 추방됐다. 이후 류성룡은 안동으로 낙향하여 『징비록』을 저술한다. 임진왜란과 정유재란에 대한 경험을 바탕으로 후세에 교훈을 남기기 위해서였다. 여기서 '징비'란 '지난 일을 경계하여 후환을 삼간다'라는 의미이다.

가수 진성이 부른 〈안동역에서〉는 많은 사람에게 사랑받은 곡이지만, 정작 사람들은 안동에 기차역이 있는지조차 몰랐다. 안동역은 경상북도 안동시 운흥동에 위치해 있으며 1930년, 중앙선 개통과 함께 영업을 시작했다. 풍산태사로를 따라 흐르는 송야천은 벚나무와 함께 그 시절의 역사를 품고 있다. 송야천은 아직도 그 시절의 모습을 잊지 않았는데, 안동역사는 그런 마음을 모르는지 말끔히 단장된 모습으로 남아 있을 뿐이다.

　이외에도 안동은 뱃속에 소금을 넣어 절인 '안동 간고등어', 유생들이 허기진 배를 달래기 위해서 제사를 핑계로 먹었다는 '안동 헛제사밥', 찹쌀을 쪄서 엿기름물로 삭힌 '안동 식혜', 칼국수를 익혀 찬물에서 건져낸 '안동 건진국수' 등이 유명하다. 이번 코로나가 끝나면 볼거리 가득한 안동으로 여행을 한번 떠나 보는 건 어떨까.

05
안동 선성수상길
홀로 떠나는 여행

아직 봄이 떠나지도 않았는데 자연은 여름 준비로 바쁘다. 꽃들도 기후 변화에 적응한 듯 각자 살아남을 준비를 하며 인간의 예측을 여지없이 뭉개고 있다. 진정한 여행의 묘미는 혼자 떠나는 것이다. 자연의 세계로, 미지의 세계로, 누구의 간섭도 제재도 없이 처음 접하는 세상에 온몸과 마음을 맡기고 근심에서 벗어나 해방감에 취하는 것이다. 혼자 하는 여행은 계획도 준비도 필요 없다. 목적도 목적지도 필요 없다. 몸 가는 대로, 마음 가는 대로, 잠시 명상을 해도 좋고 멍을 때려도 좋다.

평소에는 보지 못했던 낯선 자연도, 천연 그대로의 경이로움도, 선조의 얼이 묻은 문화유산도, 내 마음속에 들어오며 숙연해진다. 대자연 앞에서 나는 한없이 초라해지고, 대자연은 그 엄숙함으로 내 영혼을 정화시킨다. 홀로 떠나는 여행은 모든 것을 보고 듣고 느끼며 자기 자신을 돌아볼 수 있게 한다.

멀리 여행하는 사람은 아는 것이 많다는 말이 있지 않은가. 여행은 그냥 가서 먹고 놀기 위한 시간이 아니다. 여행은 자신의 안목과 있는 그대로의 자신을 가르쳐주는 훌륭한 스승이며, 열심히 일한 당신에게 주어지는 가장 행복한 충전이다. 오늘은 홀로 떠나며 나에게 멋진 포상을 주고자 한다.

남안동 톨게이트를 빠져나온 차량은 진녹색 가로수를 밀어내며 안동호 상류로 향한다. 조용한 호수를 따라 꼬불꼬불 길을 달려 청량사 쪽으로 달리다 보면 어느덧 상류에 닿고, 곧 예안마을에 다다른다. 안동 선성현 문화단지는 안동호의 경관이 내려다보이는 부지에 객사, 동헌, 역사관 등 옛 관아를 복원해 둔 관광 단지이다. 또한 안동호를 따라 물 위를 걸으며 멋진 풍광을 감상할 수 있는 약 1.1km 길이의 선성수상길이 위치해 있다. 선성이라는 이름은 예안마을의 옛 이름이다.

선성수상길 입구에 자리한 예끼마을은 안동댐 건설로 수몰되어 주민이 모두 이주한 마을이다. 원래 마을은 저 강물 아래에 잠겨 있고, 지금의 마을은 예안면 주민들이 이주하며 새로 조성된 마을이다. 가라앉은 마을 위로 수상 부교가 설치되며 선성수상길이 조성되었다.

마을에 도착하니 관광객이 생각보다 많다. 주차장을 몇 바퀴나 돈 끝에 겨우 주차를 할 수 있었다. 관아 입구와 수상길 입구를 나란히 보면 물길 아래로 설치된 부교가 보인다. 안동호의 풍광과 참으로 잘 어우러진다. 입구에는 부교의 작동 원리가 설명되어 있다. 물이 불어나면 부교가 위로 뜨고, 수위가 낮아지면 다시 가라앉는다고 한다. 그 때문에 수위 차가 크지 않으면 늘 이용할 수 있다. 이 부교를 보니 군인 시절, 한미 연합 작전 훈련으로 한겨울 남한강 도하 작전 때 설치했던 부교가 떠오른다.

물 위에서 낙동강 바람을 맞는 기분은 또 색다르다. 발끝에서 느껴지는 약간의 출렁거림과 느릿느릿 걸음 따라 지나가는 산의 능선들, 그리고 바다처럼 펼쳐진 호수의 수평선……. 모든 것이 이 풍경을 더욱 아름답게 꾸민다. 후세를 기약한 꽃들이 사력을 다해 흩뿌려 놓은 꽃가루는 착지를 잘못한 건지 물 위를 온통 연노랑으로 물들여 놓았다. 초등학교가 있었던 자리, 물 위에 놓인 그 시절의 풍금이 부교 위에서 추억의 노래를 부른다.

나의 살던 고향은 꽃 피던 산골~
복숭아꽃 살구꽃 아기 진달래~

부교를 따라 걷고 있으면 내가 물 위에 둥둥 떠다니는 기분까지 든다. 그냥 다리 위를 걷는 것과는 느낌 자체가 다르다. 딱딱하기만 하던 도시에서의 생활도 부교의 출렁거림에 따라 부드럽게 풀어진다. 수면에 몸을 맡기고 있으면 그냥 바람 따라 흘러가는 낙엽처럼 몸도 마음도 가벼워진다. 풍금이 놓인 부교를 지나면 관아가 언덕배기에 자리 잡고 있다. 다시 왼쪽으로 고개를 돌리면 선성산성이 눈에 들어온다. 이 부교는 안동선비길의 1코스이기도 하다.

부교 끝에는 휴양림이 자리 잡고 있다. 걸음은 숲 그늘 속으로 빨려 들어가고, 그렇게 걷다 보면 선비길 1코스의 조그마한 연못에 닿는다. 연못에는 온갖 수생식물들이 오순도순 살림살이를 하고 있다. 호반 자연 휴양림을 돌아 입구로 난 길을 따라 가면 선성현 문화단지 내에 있는 전통가옥 체험마을이 나온다. 이곳은 각 독채마다 이름이 지어져 있는데, 그 이름이 하나같이 다 정겹다. 외갓집, 처갓집, 사랑채, 종갓집……. 여기서 하루를 묵으며 체험도 할 수 있다.

다시 안동호를 끼고 산길을 돌면 입구에 주차장이 자리 잡고 있다. 그 옆으로 야생동물 생태공원과 캠핑장이 있어 가족끼리 나들이 오기에도 그만인 곳이다. 큰길로 접어들면 국학진흥원이 있는데, 조선시대 유학자들이 만든 유교 문화의 전시장이다.

이곳에서는 특이하게 경상북도만의 어린이 돌봄 서비스를 운영하고 있다. 바로 아름다운 할머니 이야기 프로그램이다. 이 프로그램은 노년 여성들이 유치원이나 특수학교, 어린이집의 방과 후 교사나 돌봄교실 도우미로 활동하게 하는 프로그램으로, 할머니에게는 새로운 도전 의식을 불어넣어 주고 아이는 새로운 경험을 할 수 있게 해주는 경상북도만의 독특한 프로그램이다. 유아 인성 교육과 노인 일자리 창출이라는 측면에서 아름다운 할머니 이야기 프로그램은 직장보다는 자원봉사라는 개념에 더 가깝다. 우리 할머니들이 들려주던 옛날이야기를 아이들에게 들려주며 유아를 돌보기 때문에 인기도 상당히 좋다고 한다.

여기서 5km 정도 떨어진 곳에는 퇴계 이황 선생을 기리고 후학을 양성하기 위해 세워진 도산서원이 있다. 숲의 모든 것을 알 수 있는 산림과학박물관도 5분 거리에 있다. 여긴 입장료도 무료다. 또한 우리나라 저항문학가로 유명한 이육사 문학관도 10여 분이면 갈 수 있다. 온 천지를 포도밭으로 단장한 도산면에는 볼거리도 한가득이다.

다시 고개를 돌려 15분 정도 달리면 농암 종택이 있다. 본래 분천마을에 있었으나 이곳도 안동댐 건설로 수몰된 탓에 지금의 가송리로 이전되어 일반인에게 공개되고 있다. 농암 종택 부근은 신비의 명산, 청량산과 가송리 협곡을 끼고 흐르는 낙동강이 오묘한 조화를 이루고 있다. 낙동강 700리 중에서도 가장 아름답다고 여겨지는 풍경이다. 마을 앞에는 강과 단애, 그리고 은빛 모래사장의 강변이 아름답게 어우러진다. 이른바 도산십이곡의 비경이다.

그 밖에도 가송리에는 공민왕 유적, 고산정, 월명담, 벽력암, 학소대 등 다양한 명소를 품고 있다. 그 자체로도 아름다워 감탄을 절로 자아내는 곳이지만 그 끝에 자리 잡은 안동호는 여행객의 발목을 더욱 부여잡는다. 이렇게 안동 도산면은 우리 역사를 그대로 담은 파노라마의 장이자 현장학습의 장이요, 자연을 여유롭게 즐길 수 있는 여행객의 안식처이다.

큰길을 따라 예안향교로 들어서면 옛 명성에 걸맞게 우람한 기와집들이 담장 안에 옹기종기 모여 있다. 쓸쓸하게 한 귀퉁이에 자리 잡은 탓에 이곳을 찾는 여행객은 없지만, 세월이 스치고 지나간 담장 너머로 후학 양성에 힘썼던 옛 모습이 보이는 듯하다. 마당을 지키는 노거수 은행나무는 벌써 몇백 년을 버티며 향교의 수문장 역할을 해내고 있다.

향교를 뒤로하고 농로를 따라 10여 분을 걸으면 통일신라시대에 축조된 선성산성이 모습을 드러낸다. 이곳은 안동호와 연계되어 공원으로 조성된 곳이다. 이곳을 찾은 관광객은 역사공부뿐만 아니라 자연을 만끽하며 힐링까지 할 수 있다.

예안마을을 떠나 낙동강길을 따라 걷는다. 구불구불 길을 올라 산꼭대기까지 오르면 무인 카페 '오렌지꽃 향기는 바람에 날리고'가 등산객을 반긴다. 창가에 앉으니 산군이 어깨를 나란히 하고 있는 모습이 보이고, 청량산 암릉이 인사를 한다. 저 멀리 낙동강이 굽이치며 흘러가는 것도 한눈에 내려다보인다.

사람은 귀이천목의 본질을 가지고 있다 하지 않는가. 여행이야말로 이러한 본질을 하나씩 깨우치게 하는 가장 좋은 교과서이다.

오늘도 떠납니다 그 어디로
정해지지 않은 제 마음은
몸만 두고 한 곳으로 떠납니다
행복이 기다리는 곳으로
그리고 그 님이 있는 곳으로
가슴은 따스한 마음을 알고 있죠
숨소리가 들리네요
그대와 나만이 아는 곳으로

우리는 지금 어디로 갈까요
몽환의 세계로
몸만 두고 한 곳으로 떠납니다
다시 볼 수 있을까요
그대와 나만이 아는 곳에서

많이 생각하고
많이 보고 싶고
많이 사랑해요
많이 감사해요
많이 고마워요

꿈은 아니죠
오늘도 떠납니다
그 어떤 길 위로
그곳에 당신이 서 있겠죠
오늘도 나는 길을 떠납니다

06
울릉도 성인봉
자유를 갈망하다

울릉도는 죽변에서 동쪽으로 140㎞, 포항에서 217㎞, 동해 묵호에서 161㎞ 지점에 있는 외딴 섬이다. 차에 비행기에 배에…… 멀미란 멀미는 다 하는 나로서는 외국 여행이란 그림의 떡이나 다름없다. 사실 울릉도도 마찬가지다. 제 아무리 여행을 좋아하는 나로서도 울릉도 여행은 2년, 3년에 한 번 갈 정도로 힘들고 어렵다.

부산 해운대에서 동해고속도로를 따라 100㎞를 달리면 포항에 닿는다. 포항에서 오전 9시 30분에 출발한 여객선은 동해를 달리며 출렁인다. 롤러코스터 같은 움직임에 내 혼이 다 빠져나가는 것만 같다. 희미해지는 정신을 겨우 붙잡으며 달리기를 3시간 30분, 오후 1시, 드디어 도동항에 도착한다.

울릉도는 우리나라에서도 제일로 손꼽는 천혜의 자연 관광지이다. 우리나라 여느 섬에서도 볼 수 없는 장면을 이 울릉도에서는 쉽게 볼 수 있다. 섬에 다다르면 바다 빛깔부터가 다르다. 울릉도의 묘미는 숲에 있는데, 숲으로 들어가면 사람의 때가 전혀 묻지 않은 원시림이 반긴다. 자세히 살펴보면 멸종위기 생태종이 보이고, 한 뼘 산비탈 여기저기에 일궈진 명이나물, 한 움큼씩 솟아있는 암릉들도 눈에 들어온다. 울릉도는 상상만으로도 가슴을 쿵쾅거리게 만드는 매력이 있다.

뭍사람이 어딘가로 떠나는 건 자유를 갈망해서다. 하지만 그렇게 떠나온 섬에서도 자유를 찾는 건 쉽지가 않다. 이동이 불편해 발이 묶이기 때문이다. 울릉도도 마찬가지다. 울릉도 도내는 시내버스, 렌터카, 택시, 관광 버스 등으로 돌아볼 수 있다. 그래도 교통수단이 많이 좋아져서 예전보다는 선택지가 꽤 늘어난 편이다.

다행스럽게도 울릉도에서 차를 빌리는 것은 어렵지 않다. 하지만 초보 운전자가 운전하기에는 만만치 않다. 울릉도는 경사가 급한 비탈길이 많고 도로 포장이 잘 되어있지 않은 곳도 많다. 특히 겨울철에는 눈이 많이 내려 운전하기에 썩 좋지 않다.

그나마 드라이브 하기 좋은 코스라면 해안 도로를 꼽을 수 있다. 본래 미개통 구간이었던 섬목에서 저동항까지의 4.4km 구간이 개통되어 해안 도로를 일주하는 드라이브를 즐길 수 있다. 도동항에서 출발하여 시계 방향으로 돌면 사동, 천부, 섬목을 지나 다시 도동항, 그리고 저동항까지 한 바퀴를 빙 돌아볼 수 있다.

하지만 나는 해안 도로 드라이브보다도 시내버스를 택했다. 시내버스는 승객들을 싣고 나리 분지로 향한다. 잘 정비된 도로는 해안 절벽을 따라 넘실대는 파도를 뒤로하고 섬 속으로 사라진다. 옛날 호박엿을 만들던 공장을 지나 코끼리가 바닷물을 한 모금 마시고 있는 코끼리 바위에 다다른다. 이곳에서 잠시 바다 내음을 폐부로 들인다. 기기묘묘한 바위가 나타났다 사라지고, 검푸른 바다에 취해 멍하니 바다를 바라본다. 눈을 두는 곳마다 비경이니 육지에서의 조급함도 파도에 씻겨 내려가는 것 같다.

터널을 지나 꼬부랑 고개를 넘어 드디어 마주한 나리 분지의 모습은 그야말로 섬 속의 작은 육지다. 천부리 해안에서 비탈길을 따라 15분 정도 오르면 봉우리 사이로 넓은 평지가 펼쳐진다. 찬 겨울의 한설을 이기고 봄이 오면 이곳은 울릉국화, 섬백리향이 군락을 이루고 세상에 모든 향을 퍼뜨린다. 이곳에서 산행 준비를 마치고 초입에 들어선다.

울릉도의 옛 모습을 보여주는 나리동 투막집 가옥들이 정겹게 도란거리고 금방이라도 봄 향기를 몰고 올 것 같은 아지랑이는 피었다가 숲속으로 사라진다. 무성한 숲속으로 들어서니 햇살은 저만치 물러나 있다. 이따금씩 나뭇잎 사이로 들어오는 햇살만이 내가 살아 있음을 느끼게 한다. 숲 입구에서 10여 분 정도 더 오르면 왼쪽에 성인봉의 정기를 받은 신령수가 흐른다. 한 모금 들이켜 목을 축이자 신령수가 답답한 도시의 일상을 씻어내며 시원하게 심장으로 스며든다.

해발 600m부터 시작되는 원시림지대는 울릉도 특산종인 섬피나무, 너도밤나무, 섬고로쇠나무 등이 터전을 닦으며 살아가고 있다. 탁 트인 조망이 시야에 들어올 즈음, 전망대 머리 위로 성인봉이 자리를 잡고, 저 멀리 각양각색의 화산석이 자랑질을 한다. 저 멀리 바닷가에 우뚝 솟은 430m의 송곳봉과 나리 분지 옆에 배 볼록 나온 알봉, 형제봉, 미륵봉이 가슴에 묻힌다. 2시간여 만에 도착한 성인봉은 그야말로 하나의 거대한 풍경화 액자다.

울릉도 하면 또 유명한 것이 바로 오징어다. 오징어 하면 떠오르는 추억이 참 많다. 어릴 때 어머니가 명절 상차림으로 갑오징어를 사오면 하얀 오징어 뼈를 가지고 도랑에서 뱃놀이를 하거나 상처 난 곳에 긁어서 붙이던 기억이 난다.

나는 경상도가 고향이기 때문에 어릴 때 수루메가 말린 오징어를 뜻하는 사투리인 줄 알았다. 이후 스루메가 말린 오징어를 뜻하는 일본어라는 걸 알고 적잖은 충격을 받기도 했었다. 한국산 오징어를 처음 접한 시기는 초등학생 때였다. 진주 큰집에 사는 형님이 방학 때 찾아오면 항상 구멍가게에서 오징어 사오라는 심부름을 받았다. 그럴 때마다 심부름을 하고 다리 몇 개를 맛나게 먹은 기억이 있다.

울릉도의 대표적 식생은 향나무와 박달나무이다. 특히 향나무는 섬 전체에서 볼 수 있다. 울릉도 토박이 어르신의 말에 따르면 옛날에는 지천에 향나무가 있어 땔감으로도 향나무를 썼을 정도라고 한다. 그래서인지 이제는 해안 절벽의 통구미 향나무 군락지와 거북바위 절벽에서만 울릉도를 지키고 있는 향나무를 볼 수가 있다.

하산은 KBS 중계소 방향으로 잡았다. 나무 덱을 지나니 저동항의 쌍등대가 보이고 촛대바위도 눈에 들어온다. 출렁다리를 너머

도동항이 저멀리 자리하고 있고, 울릉중학교도 나란히 서 있다. KBS 중계소를 돌아 도동항 시내에 접어드니 해가 저 수평선 너머로 사라지고 있었다. 울릉도의 일주 도로는 본래 미개통 구간 때문에 발목이 잡혀 있었다. 그러나 반 세기만에 착공되어, 이제는 누구나 울릉도를 쉽게 돌아볼 수 있다. 굽이굽이마다 천혜의 풍광이 발길을 붙잡고, 거대한 해안 절벽과 어우러진 에메랄드빛 바다는 눈길을 잡아끈다.

다음 날, 도동항에서 관광버스를 타고 남양리로 향한다. 이 코스는 구불구불한 마을길을 돌아가는 코스다. 윗통구미, 아랫통구미를 지나 산속 비탈진 땅은 모두 명이나물 밭으로 개간되어 있다. 2002년, 길이 뚫리기 전까지 남서리와 남양리 주민들은 모두 이 고개를 넘어 다녔다고 한다. 고갯마루에는 남서일몰전망대가 설치되어 있어 울릉도 일몰의 장관을 볼 수가 있다.

산등성이로 자식을 염원하는 이들이 빌었다는 남근석이 보이고, 푸른 바다 위, 바위에 부딪혀 사라지는 파도가 마음을 앗아간다. 울릉도는 해수욕장이 없어 놀 수 있는 바다는 없다. 대신 바다 속 체험을 할 수가 있다.

울릉도에서 나는 것은 모두 훌륭한 먹거리다. 명이, 부추, 더덕, 엉겅퀴, 삼나물, 고비, 부지깽이, 오징어, 독도 닭새우, 따개비 등 모두 입맛을 돋우는 식재료다. 이 한 끼의 식사 또한 여행의 큰 활력소가 된다. 다음 날 일출을 기대하며 여행을 마무리한다.

덧붙여서, 울릉도에 갈 때는 계획대로 울릉도에서 나오지 못할 수도 있다는 점을 감안하여 여행 계획을 세우길 바란다. 기상 환경에 따라 배가 뜨지 않는 경우도 많기 때문이다. 어쩌면 일주일이나 울릉도에서 나오지 못할 수도 있다.

07
포항 오어사
역사와 낭만이 있는 그곳

창밖의 나뭇가지들이 길게 뻗어나와 서로 엉키는 시기가 오면 하늘에서 하얀 설탕이 쏟아질까 기다려진다. 찬바람 사이로 고운 햇살과 유리알처럼 선명한 저수지 위의 보석이 손짓하며 부르는 것만 같다. 그래서일까, 나도 모르게 또다시 어디론가 떠난다. 역사와 낭만이 있는 그곳으로.

한반도 동쪽으로 향하면 우리나라에서 가장 아름다운 절인 오어사가 나온다. 새로운 길이 생겨 부산에서는 이제 그리 멀지 않게 느껴지는 곳이다. 오어사는 오천읍 항사리의 운제산 아래에 자리 잡고 있는 아기자기한 절이다. 신라 26대 진평왕 때 자장율사가 창건했다고 알려져 있다. 한때는 4개의 암자를 거느렸지만 지금은 자장암과 원효암만이 방문객을 맞이하고 있다.

대웅전 뒤로 절벽 위에 자장암이 자리하고 있고 오어지를 건너 계곡을 따라 600m 정도 오르면 조용한 암자가 반긴다. 원효가 공양간으로 쓰던 곳이 지금의 원효암이다. 자장암은 오어사의 지붕

위에 얹혀 있어 마치 천상에 떠 있는 누각을 보는 듯하다.

목탁 소리는 호수의 풍치와 오래된 고목과 아주 잘 어우러진다. 그 소리를 듣고 있으니 세상 시름이 다 날아가는 듯하다. 지금은 오어지 둑 공사 현장 뒤로 오어사와 오어지가 한눈에 펼쳐진다. 오어사는 본래 일주문이 따로 있는데 원래의 일주문은 해체해 보관 중이다. 지금 일주문 안으로는 공사가 한창이다.

오어사 경내에는 조금 특별한 것들이 있다. 법당 출입문 문살이 모란 무늬로 정교하게 조각되어 꾸며져 있으며, 원효대사가 쓰고 다니던 삿갓이 보관되어 있다. 또한 주차장을 마주하고 샛문 양쪽에 모감주나무 두 그루가 오어사 출입문을 지키고 있다. 오뉴월에 오어사를 찾아오면 모감주나무의 노란 꽃이 만개한 풍경을 볼 수 있다. 멀리서 보면 마치 노란 개나리가 활짝 핀 것 같은 모습이다.

사잇문을 들어서면 또다시 큰 나무 한 그루가 앞을 가로막는다. 이번에는 보리자나무다. 70년 정도 된 이 나무는 보리수, 보리장, 보리밥 등 비슷한 이름의 나무와 많이 헷갈리지만 이들과는 완전히 다른 나무다. 가을에 열매를 날려보내기 위해 날개를 만들어 간직하고 있다.

이 겨울의 햇살이 춘풍에 살랑이는 봄 햇살보다 따스하다. 그래서인지 양지에 개나리가 겨울 나들이를 나왔다. 애기동백 앞다투어 친구 찾아 겨울 여행을 떠나고, 오어지의 보석들은 저마다 고운 자태를 뽐내며 원효와 혜공의 불력 솜씨에 자리를 내어준다.

조금 뒤로 물러나면 이 절의 큰 어른 나무가 오어사를 지키며 바라보고 있다. 240년의 세월을 견디며 묵묵히 오어사의 변화를 지켜본 배롱나무다. 옛날 절에서 단청을 칠하거나 그림을 그릴 때, 배롱나무 꽃을 따서 물감에 섞으면 좀도 안 먹고 색도 잘 바래지 않는다 하여 웬만한 절에는 큰 배롱나무가 있다. 이 나무도 아마 그렇게 이 절에 오게 되었을 것이다.

오어사를 나와 자장암으로 발길을 돌린다. 한숨을 들이켜고 오르다 보면 제비집 같은 자장암이 바위를 부여잡고 앉아있다. 자장율사가 칠 선녀의 밥상을 받은 곳이며 부처님의 진신사리가 보관되어 있는 곳이다. 이곳에서부터 오어사까지 이어지는 풍광을 보고 있자니 경탄이 절로 나온다. 보고 있는 것만으로도 속세의 모든 시름이 사라지는 것만 같다.

다시 오어사 경내 주차장을 지나 출렁다리를 건넌다. 7km 가량의 오어지 길을 돌고 있으니 원효와 혜공, 의상과 자장율사의 설법을 듣는 듯하다. 오어지는 한창 공사 중이라 풍광은 덜하지만 그래도 오어지의 풍경은 아름답기만 하다. 유유자적 호수를 제집 삼아 노니는 청둥오리는 겨울 풍경을 제대로 즐기고 있다. 남생이바위의 남생이는 겨울 여행을 떠났는지 바위가 쓸쓸하게 비어 있다.

그 옆의 너도밤나무는 겨울 외출 준비를 하는지 매끈한 몸에 붉은 무늬 외투를 걸쳤다. 본래 성인봉 중턱에서나 자생하는 울릉도 특산물이라 육지에서는 보기 힘든 귀한 몸이시다. 그러거나 말거나, 너도밤나무 가지 끝에 달린 아이들은 봄 준비를 위해 손장갑을 끼고 호호 언손을 녹이고 있다.

이렇게 원효와 혜공, 의상과 자장율사를 뒤로하고 감포로 향한다. 고속도로가 뚫리기 전에는 꾸불꾸불 나비가 날갯짓하듯 산허리를 돌고 돌아 멀미로 욕지기가 올라올 때쯤에야 겨우 나정항에 다다를 수 있었다. 시원한 바닷바람과 갯벌의 펄 내음이 콧등을 쓸며 욕지기를 겨우 가라앉혀 주곤 했다.

이곳은 워낙에 모래가 고와 캠핑하기에 최적의 장소이기도 하다. 그래서인지 줄지어 선 캠핑카와 수평선이 조화를 이루고 있다. 넓게 펼쳐진 나정항 해변의 고운 모래 위로 포말이 부서지며 윤슬이 다가와 시야를 흐리게 한다. 설탕이 되어 밀려오는 달콤함의 추억은 그간의 스트레스를 저 멀리 바다로 데려가 살포시 내려 놓는다. 테트라포드에 부딪친 흰 물감은 화가가 되어 바다 위에 솜구름을 그려내고, 모래톱을 따라 꿈틀거리는 하얀 파도는 전촌의 담룡과 사룡이 살아 움직이는 듯하다.

잠시 나정항을 벗어나 조금 더 안으로 들어가면 경주 해파랑길 3구간인 전촌항이 나온다. 담룡과 사룡, 두 용이 치열한 전투를 벌였던 용굴은 일반인에게도 아직 잘 알려지지 않은 곳이다. 동굴의 용은 이 성난 동해의 파도를 몸으로 막아내며 우렁차게 울부짖고 있다.

08
동해안 7번 국도와 영덕
바람을 따라 떠나는 길

동해의 일출은 언제 보아도 장관이고 황홀하다! 서쪽으로 숨었던 태양은 부지런히 돌아 다시 동해의 푸른 물결 위로 붉은 빛을 토해내며 세상을 향해 뛰어온다. 월포의 찬 공기가 파도와 함께 폐로 밀려들면 여행자들은 하나둘 눈을 비비며 태양을 향해 울부짖는다.

이른 아침, 정리를 마치고 7번 국도를 벗 삼아 영덕으로 향한다. 조각 같은 배들이 푸른 파도와 수평선 너머로 나타났다 사라지기를 반복하는 풍경. 한 권의 그림책처럼 페이지를 넘길 때마다 또 다른 그림이 나타났다가 사라지기를 반복할 즈음, 커다란 군함 한 척이 뭍에서 동해를 바라보고 있다. 장사해수욕장이다.

장사해수욕장에는 군함 한 척이 있다. 관광객을 맞이하기 위해 입을 크게 벌리고 사람들을 기다리고 있지만 코로나로 해변 출입구가 폐쇄되어 있어 군함을 만나러 갈 수는 없다. 몇십 년 전까지만 해도 장사해수욕장을 오려면 10시간이 걸렸다. 대학생 때는 텐트 하나와 배낭 하나 챙겨서 막차를 타고 여기까지 무작정 왔었다. 칠흑같이 어두운 밤이라 어디가 어딘지 분간이 되지 않아 첫날부터 노숙을 했던 기억이 생생하다. 심지어 첫 영덕 여행이었는데!

그런 추억을 뒤로하고 다시 발길을 옮겨 삼사해상공원에 오른다. 관광단지의 점포들은 여전한데, 지난날 왁자지껄 떠들며 활기를 불어넣던 관광객은 온데간데없다. 주차장만이 덩그러니 공원을 지키고 있을 뿐이다. 오른쪽에는 이북 5도민 망향의 마음을 달래주는 망향탑이 있고, 공원 정상에는 경북 개도 100주년 기념 경북대종이 관광객을 반긴다. 잠시 동해안과 강구항을 내려다보고 항구를 지나 바닷길을 따라 풍력발전단지로 접어든다. 이곳은 영덕 블루로드 길 중 가장 예쁜 길이다. 강구 터미널에서 해맞이공원까지, 길이는 총 17km 정도로, 트레킹을 좋아하는 사람이면 한번 걸어볼 만한 코스다.

대게 다리에 감싸인 등대가 반길 때쯤 해맞이공원의 태양은 윤슬을 만들며 하늘로 오른다. 신재생에너지 단지의 발전기는 윙윙 무서운 소리를 내며 날갯짓한다. 날개는 있지만 날지 못하는 소형 비행기는 아이들의 동심을 자극하기에 충분하다.

바람 따라 다시 북으로, 울진 죽변항으로 향한다. 청정 동해바다가 내려다보이는 울진의 몽마르트르 언덕에는 드라마 〈폭풍 속으로〉의 세트장이 그대로 재현되어 있다. 지난 2015년 조성된 것으로, 죽변항의 관광 1번지라 할 수 있다. 드라마 세트장에는 죽변 등대를 중심으로 용의 꿈길, 하트 해변, 큰바위 얼굴, 사랑의 교회와 어부의 집이 들어서 있다. 특히 세트장 옆 오솔길을 따라 올라가면 죽변 등대를 볼 수 있다. 죽변 등대는 근대문화 유산으로 등록되어 있으며, 1910년 11월 24일에 최초로 점등해 100년 넘게 불을 밝히고 있다.

용의 꿈길은 세트장 주변 시누대 밭, 죽변 등대와 함께 한 폭의 그림을 만든다. 이 길을 걷노라면 힐링이란 말이 저절로 나올 정도다. 용의 꿈길 산책로 입구 광장은 스킨 스쿠버 체험을, 진입로 벽면은 윈드 서핑 체험 이미지를 형상화하였다.

09
동해안 청하면
이가리 닻 전망대의 풍경에 반하다

포항고속도로를 달리다가 고속도로 끝지점에서 포항 외곽길을 따라 7번 국도로 갈아탄다. 바다를 벗 삼아 영덕 방면으로 달리다 보면 청하면에 다다른다. 조선시대 유명 화가 겸재 정선 선생이 현감으로 있을 때 자연과 풍광에 반했다는 청하.

청하면은 동해안 여행 시 자주 들르는 곳 중 하나다. 기청산 식물원이 월포와 마주하고 산 중턱의 경북 수목원, 천령산, 비학산이 등산객을 불러들이는 곳이다. 북동으로는 내연산을 이루고 동해안을 내려다보면 해안을 따라 해수욕장이 이어진다. 리아스식 해안에는 푸른 물결이 몰아치고, 파도가 부서지며 하얀 포말을 일으킨다. 파도를 타고 뭍까지 온 봄이 다시 언덕을 넘어 우리 곁으로 바싹 다가온다.

동해안 7번 국도 남쪽 끝자락에 자리 잡은 이가리 닻 전망대로 향한다. 이가리 닻 전망대는 영일만 해오름 탐방로 사업의 일환으로 2020년 5월에 완공한 해변 전망대다. 선박을 정박시키는 닻을 형상화하여, 하늘에서 보면 배의 닻 형상을 하고 있다. 닻은 우리 고유의 영토인 독도를 향하고 있으며, 독도까지의 직선거리는 약 251km라고 한다. 이가리 닻 전망대는 독도를 지키는 수호자이자 감시자 역할인 것이다.

청하면에 월포해수욕장 사거리에서 우회전 하여 5분 정도 더 가면 전망대가 보인다. 전망대 아래 커다란 주차장이 있지만 대부분의 여행객이 양쪽 길가에 주차를 해두었다. 단속하는 사람은 없지만 길가 주차는 명백한 불법이고, 사고의 위험성이 크니 반드시 지정 주차장에 주차를 하여야 한다. 주차를 마치고 해변 솔밭길로 나서면 닻 전망대가 여행객을 반긴다. 입구에는 안내소가 있다. 근무자가 있지만 특별히 해설은 하지 않는다.

이가리 닻 전망대는 코로나 상황 속에서도 제법 많은 관광객이 찾고 있었다. 주변 솔밭과 바위군이 어울리는 풍경, 푸른 바다 안쪽으로 길게 이어진 닻 전망대의 독특하고 아름다운 모습. 탄성을 지르지 않을 수가 없다. 닻 중심부에는 빨간 등대 모형이 서 있고, 끝부분에는 배의 키 모형이 달려있다.

바닥이 들여다보이는 청명한 물과 물감을 풀어놓은 듯한 에메랄드색의 짙푸른 바다, 그리고 파란 하늘을 수놓는 새하얀 뭉게구름, 가끔씩 밀려와 희게 부서지는 파도. 이 모든 것이 어우러져 환상적인 동해바다의 풍경을 선보인다. 겸재 정선이 그려도 이만큼 아름다울까. 그래서 겸재 선생도 청하의 풍경에 반한 모양이다. 어딜 찍어도 그림 엽서가 될 법한 풍경이다. 입구 바닷가, 좌측 거북 바위는 금방이라도 살아서 용왕님을 등에 태우고 나타날 듯 섬세하다.

닻 모양을 따라 바닷속으로 들어가니 발아래가 얼금얼금 뚫려있다. 금방이라도 인어 아가씨가 마중 나올 것 같이 맑다. 배의 키 모형을 보니 이대로 쭉 독도까지 항해해 보고 싶다는 생각이 든다. 닻 전망대 맨끝에서 뒤를 돌아보니 시원스레 펼쳐진 해안선과 가끔씩 나타나는 집들, 월포의 조경대 이가리 해변의 풍광이 한눈에 들어온다. 눈과 가슴이 절로 시원해진다.

이가리 닻 전망대 관람을 끝내고 밖으로 나오면 북쪽 조경대까지 해안로가 조성되어 있다. 2시간에서 3시간 정도 걸리는 코스이니 트레킹을 좋아한다면 바닷길을 따라 걷는 것도 좋을 듯하다. 북쪽으로 멀리 보이는 빼어난 풍광의 암벽 바위군이 바로 조경대다. 조선 후기 산수화의 대가 겸재 정선 선생이 자주 들러 그림을 그렸다는 곳이다. 닻 전망대 끝에서 입구 쪽을 바라보면 해송숲이 길게 이어져 있다. 흙은 관광객 발에 차이고 모래는 풍파에 씻겨, 소나무 뿌리가 그대로 드러나 있다. 뿌리는 새까만 얼굴을 내민 채로 하늘 구경을 하고 있다.

북파랑길을 따라 차로 조금 이동하면 원각조사비가 나온다. 원각조사는 고려시대 이곳에서 태어나 깨달음을 얻고 예언에 능통해 원각국사라는 칭호를 얻었다. 그러나 비석은 돌보지 않아 한쪽 구석에 서서 쓸쓸히 자리만 지키고 있다.

다시 해안을 따라 북으로 오르면 송라면 회진리 구진마을이 나온다. 마을 초입부터 커다란 향나무가 방문객을 맞이하고 있다. 이 마을은 어디를 가든 오래된 향나무가 보인다. 오랜 세월 동안 이 마을의 수호신 역할을 도맡았던 듯하다. 구진마을의 전통문화라고 한다면 역시 앉은 줄다리기다. 앉은 줄다리기는 줄을 당기는 사람들이 다치지 않게 하기 위한 것이다. 동시에 앉은 자세가 여성의 출산과 비슷하다 하여 다산을 상징하기도 한다.

10
청송 얼음골과 주산지
겨울 향기에 취하다

또 한 해가 저물어간다. 어느덧 12월, 한 해 동안 고생한 나 자신을 위해 하얀 겨울 여행을 다시 시작한다. 이번 겨울, 새로운 즐거움과 행복의 에너지로 나를 치유해줄 겨울 여행지는 바로 경상북도 청송이다. 웅장한 얼음골 인공 폭포 풍경을 감상하고, 가볍게 트레킹을 하고, 송고 고택에 들러 옛 조상의 얼을 가슴에 새길 수 있는 곳.

겨울 향기 가득한 차가운 바람결에 마음을 싣고 청송으로 향한다. 청송은 평소에 산행이나 빙벽 구경을 위해 자주 오던 곳이다. 하지만 이렇게 여유를 가지고 청송으로 향하는 건 오랜만이다. 경부고속도로를 벗어난 차는 한겨울의 햇살을 따라 상주 - 영덕고속도로를 달린다. 가끔씩 비켜나는 겨울 나무는 스산함을 이기려 잔뜩 웅크린 채로 봄을 기다린다.

선계가 존재한다면 바로 청송 같을 것이다. 청송은 태고의 신비로움과 옛 역사의 흔적이 남아 있는 고장이다. 푸른 숲과 맑은 물이 조화를 이루면서 만들어 내는 자연미는 고향의 정겨움을 느끼게 한다. 주왕산에서 가벼운 겨울 트레킹을 즐기는 것도 좋다. 어느새 차는 청송 읍내로 들어선다. 하지만 한눈팔지 않고 곧바로 주왕산 주차장으로 향한다.

겨울에 코로나까지 겹쳐 이곳 주왕산 주차장도 텅텅 비었다. 한겨울 찬바람까지 부는데 상인들도 울상이다. 안타까운 마음을 품고 10분 정도 걸으면 대전사가 나온다. 대웅전 뒤로 우뚝 솟은 암릉은 조물주가 잘 빚어 만든 자연의 걸작품이다. 그렇게 계곡을 따라 오르면 냇가에 커다란 바위가 하나 보인다. 일명 아들 바위, 뒤돌아 엎드린 채로 가랑이 사이로 돌을 던져 올리면 아들을 낳는다는 속설이 있는 곳이다. 나도 괜히 한 번 던져보려고 돌을 찾는데 눈을 씻고 찾아봐도 없다. 저 위에 올라간 돌의 주인들은 다들 득남했을까?

코로나 전에는 그렇게 북적였는데, 그 인파는 다 어디로 갔는지 통 보이질 않는다. 가끔씩 만나는 여행객도 열 손가락이면 다 꼽을 정도로 한산하다. 이곳에도 다시 봄이 오면 속세의 길로 변할 테다. 한적한 길을 지나고 다리를 건너 용추폭포로 향한다. 이 길은 남녀노소 누구나 다닐 수 있는 편안한 길이다. 1시간 남짓 걸으면 기암괴석과 그 틈을 비집고 흐르는 시냇물이 조화를 이루는 절경을 볼 수 있다. 이 절경에 마음의 짐을 잠시 내려놓고 다시 걷다 보면 절구폭포와 용연폭포를 만난다. 걷다가 이따금씩 보이는 노송이 더해지면 운치는 배가 된다. 겨울을 지켜내는 시냇물은 오늘도 폭포를 따라 남으로 흐르고, 삭풍을 맞을 준비를 끝낸 나무들은 털옷을 겹겹이 두르고 있다.

이제 발길을 돌려 얼음골로 향한다. 겨울 청송 여행하면 얼음골도 빼놓을 수 없다. 914번 지방도를 따라 조금만 달리면 클라이밍 아카데미와 얼음골이 나란히 서있다. 높은 암벽 꼭대기에서 폭포수처럼 흘러내린 물이 한파에 그대로 얼어붙은 모양새다. 자연이 빚은 경이로운 조각물은 아니고, 바위 위에 물을 뿌려 만든 예술 작품이다. 아무리 인공이라지만 그 규모를 보면 입이 떡 벌어질 수밖에 없다. 거대한 얼음벽 앞에 서니 애니메이션 〈겨울왕국〉 속으로 들어온 것 같다.

다시 근처에 있는 주산지로 향한다. 주산지는 조선시대에 인위적으로 만들어진 농업용 저수지다. 저수지 안에 자생하는 20여 그루의 왕버드나무는 주산지를 더욱 신비롭게 만든다. 그래서인지 물안개가 피어오르는 봄이면 전국에서 사진 애호가들이 몰려든다. 주산지는 규모가 그리 크지 않다. 한쪽에 서면 반대쪽 끝까지 한눈에 담기는 아담한 연못이다. 조선시대에 만들어진 이후로 지금까지 단 한 번도 바닥을 보인 적이 없다고 한다. 화산재가 굳어 만들어진 응회암이 스펀지처럼 물을 머금었다가 조금씩 뿜어내며 수량을 일정하게 유지해 준 덕분이란다. 자연은 정말이지 신기하다.

뽀얀 물안개가 피어오르는 봄의 주산지도 운치 있지만 한겨울의 주산지도 색다른 매력이 있다. 언 물속에 몸을 담그고 수행을 하고 있는 왕버드나무도, 가끔씩 날아드는 철새도, 모두 호수와 외로움을 나누며 서로를 위로하고 있다.

운치 있는 주산지를 뒤로하고 이번에는 송소 고택으로 발길을 돌린다. 914번 지방도를 지나 고개를 넘으면 옹기종기 집이 모인 마을이 나온다. 개울가에 커다란 왕버들나무가 반기는 곳이 바로 송소 고택의 입구다. 요즘은 입구 길이 다시 생겼다는데, 그것도 모르고 옛길을 따라 왕버들나무의 호위를 받으며 주차장에 들어선다.

주차장에서 벗어나면 맨 먼저 송소세장이라는 현판이 보인다. 위창 오세창 선생께서 쓰신 글씨란다. 안으로 들어서면 조그마한 정원이 객을 맞이하고, 그 뒤로 팔작지붕 목조 건물이 서 있다. 고택에서는 온돌방을 데우려고 불을 때고 있다. 참나무 연기 냄새가 온 집에 구수하게 퍼진다. 이곳에서 하루를 묵는 객이 먼저 인사를 건네온다. 이것도 인연이니 정답게 인사를 나눈다. 이런 고택에서 하루를 묵다니, 그저 부러울 따름이다. 안타깝게도 나는 이곳에서 묵을 수 없으니 조용히 고택을 빠져나온다.

청송하면 또 유명한 것이 바로 사과이다. 청송 사과는 당도가 높고 영양이 풍부하고 육질이 단단해 여타 사과보다 맛이 좋다. 사과가 명물인 청송이라 그런가, 특이하게도 청송에서는 사과 피자를 맛볼 수 있다. 소노벨 청송 1층에 위치한 레스토랑 빠띠오에서는 청송 사과로 만든 사과 피자를 선보이고 있다. 겨울 산행으로 경치를 둘러보고 온천으로 피로를 푼 뒤, 노곤해진 몸으로 사과 피자를 한입 베어 물면 행복한 겨울 힐링 여행이 완성된다. 아이를 동반한 가족에게 꼭 추천하고 싶다.

    계절의 변화에 따라, 시간의 변화에 따라, 날씨의 변화에 따라, 온갖 아름다움을 선사하는 청송. 그 길 위에서 나는 또 다시 다른 길로 향한다.

11

예천 우망마을과 관세암
스스로에게 부치는 편지

———

사람은 추억으로 살아가고, 그 추억은 가슴속에서 시간과 장소로 기억된다. 이 아름다운 추억을 누군가에게 편지로 선물해 본 적이 있는가? 오늘은 그 추억의 편지를 적으러 경상북도 예천으로 떠나본다.

입춘은 이미 입을 벌리고 따스한 남쪽의 봄 향기를 밀어넣는다. 봄은 경중경중 뜀박질을 하며 북으로 북으로 향한다. 새빨간 매화는 벌써 아낙네 치맛자락에 묻어 우리 곁에 와 있다. 경부고속도로를 달리는 차창 밖으로는 영남 알프스 산군이 밀려난다. 가지런히 어깨동무한 산들이 춘곤증에 하품을 해댄다. 중앙고속도로 위 가로수들에게는 아직 봄의 전령이 찾아오지 않았는지 휑한 가지만 바람에 나풀거린다.

예천을 향해 한적한 국도를 달리다 보면 널따란 들판 위로 구불구불 논두렁을 따라 겨울바람이 숨어 지내고 있다. 외롭게 버티고 있는 미루나무는 저 멀리 푸른 하늘의 뭉게구름을 기다리는지 휘적휘적 바람 따라 손짓을 해댄다. 풍양읍 삼거리에서 우회전을 하면 아담한 기와가 옹기종기 모여 있는 마을이 나온다. 마을을 곁눈질하며 지나면 얼마 지나지 않아 낙동강 변에 다다른다.

예천군 풍양면 북동쪽에 위치한 우망優忘마을은 이름 그대로 근심을 잊고 사는 마을이다. 풍수지리적으로는 소가 누워서 달을 바라보고 있는 형상이라는데, 내가 소띠에 마침 정월 대보름이니 딱 맞게 찾아온 듯하다. 예전 같으면 지금쯤 달집을 짓는다고 난리고 동네마다 잔치 분위기일 텐데 코로나 때문인지 다들 잠잠하다. 우리의 미풍양속도 이렇게 추억 저편으로 묻히는 걸까. 보름달은 벌써부터 출근하여 머리 위 해님에게 퇴근하라며 재촉한다. 오늘은 여기서 특별한 편지를 쓰고 그 이야기를 담아 보고자 한다.

보름달 소리 따라 우망 토끼길에
옛 추억 머금고 강물은 흘러가니
코 홀쩍이며 약속했던 어린 동자승은
저 강물에 세월의 그림자로 흩어지니
참나무 키처럼 훌쩍 커버린 동자승은
내 손을 잡고 다시 토끼길을 걷고 있다

- 「짠─달」에게

마을 끝 강변 들판, 600살 회화나무가 지키는 삼수정을 지나 둑방에 오르면 이내 길이 끝나고 쌍절암 생태숲길이 시작된다. 쌍절

66

암 근처의 삼강주막에 들렀다가 회룡포를 돌아온다고 치면 넉넉잡아 6시간으로 충분하다. 팔각정에서 걸을 채비를 한 뒤, 추산 정훈모 선생 기념비에 잠시 묵념을 하고 나면 드디어 트레킹이 시작된다.

나무 사이로 보이는 낙동강 변은 예나 지금이나 변함없지만 나는 이제 청년에서 장년으로 변했다. 오리나무와 시무나무는 가시를 펴고 가정을 꾸렸다. 참나무, 산벚나무, 상수리나무, 왕버들나무, 층층나무, 오동나무, 화살나무……. 온갖 나무가 늘어서서 낙동강 변을 지키고 있다. 특히 매화말발도리와 밤나무는 지천으로 손을 벌리고 도열해 있다. 강변을 따라 불어오는 겨울바람에 코끝이 시리다.

관세암을 향해 겨울바람을 헤치며 걷다 보니 길목마다 기암이 가득해 눈이 쉴 틈이 없다. 코끼리바위, 큰바위얼굴, 허리 잘린 한반도 지도, 자라바위, 멧돼지바위……. 강변의 풍광이 눈에 익을 때쯤, 깎아지른 절벽 바위 위에 가부좌를 틀고 앉아 있는 관세암이 모습을 드러낸다. 덱 계단을 따라 관세암에 오르면 왼쪽에 법당 하나가 바위 아래 웅크리고 앉아 있다. '천지해'. 이 법당의 이름이다. 낙동강을 굽어보고 있는 관세암은 일출 명소로도 유명하다. 그래서인지 천지해 법당도 굽이치는 낙동강을 바라보며 떠오르는 태양을 맞이한다.

지금 관세암을 관리하고 있는 건 남매 스님 두 분이다. 혜덕 스님이 주지로 계시고 가끔 오빠인 능지 스님이 일을 봐주곤 한다.

저번에는 저녁 공양을 하고 가라는 혜덕 스님의 성의를 애써 거절하고 왔었는데, 오늘 다시 찾으니 혜덕 스님은 마을에 떡을 돌리러 가시고 능지 스님만 계신다. 능지 스님은 아직도 토굴에서 공부에 매진하고 계신다니, 속세나 불가나 공부는 죽을 때까지 게을리해서는 안 되는 일인가 보다. 그렇게 직접 만든 감주와 떡으로 대접을 받고 옛날 이야기로 시간을 보내니 어느덧 시간이 많이 흘렀다. 아쉬움을 뒤로하고 관세암을 나선다.

관세암 계단을 내려서니 겨울 강물이 바람을 따라 남으로 흐른다. 나뭇가지는 이리저리 허공을 향해 손을 뻗은 채로 구름을 가른다. 유리 덱을 지나 생태숲길 끝지점 삼거리에 도착하니 해가 중천이다. 은은한 햇빛을 받으며 강길 포장도로를 따라 비룡교를 지나, 삼강주막으로 향한다. 왼편에 삼강주막단지가 세워진 탓에 옛스러운 모습은 많이 사라졌다. 삼강은 낙동강과 내성천, 금천이 만나는 강나루다. 옛날부터 수륙 교통의 요충지라 왕래하는 사람이 많았다. 당연히 주막도 숙소도 많았다. 삼강주막도 그 역사의 일부다.

캠핑장을 지나 강문화전시관을 잠시 둘러본 후 다시 비룡교를 건넌다. 길은 사림골로 이어지고, 사림재 고개를 지나면 용포마을 회룡포 주차장에 닿는다. 회룡포는 육지 안에 있는 작은 섬으로, 내성천이 태극무늬 모양으로 휘감아 돌며 모래사장을 만들고 그 위에 마을이 들어서 있다. 이 내성천이 휘감아 돌아가는 것이 마치 용의 형상 같다고 하여 붙여진 이름이 바로 회룡포다.

이곳 회룡포의 내성천에서는 기이한 풍경을 볼 수 있다. 유유히 흐르던 강이 갑자기 방향을 틀어 둥글게 원을 그리고, 다시 상류로 거슬러 흘러간다. 도무지 머리로는 이해할 수 없는 일이 이 회룡포에서는 일어난다. 이 또한 자연의 대단함일까.

마을 둘레길을 따라 왼쪽으로 돌면 다리를 만날 수 있다. 이 주변은 백사장이다. 바닷가 백사장만 생각하다가 강변의 백사장을 만나니 제법 낯설고 신기하다. 발아래에서 고운 모래 알갱이가 사각거리는 소리가 졸졸 흐르는 물소리와 어우러져 정겹다. 이 모든 자연의 소리가 태곳적 내성천이 굽이굽이 돌아 나갈 때 아우성치던 그 소리일 것이라 생각하니 감회가 새롭다. 자연의 소리를 감상하다가 회룡포의 본모습을 보러 장안사로 향한다.

이 아래에서 보는 풍경도 충분히 아름답지만 회룡포의 풍경을 진정으로 즐기려면 장안사로 올라가 굽어보아야 한다. 비룡산 능선에 회룡대라는 정자가 있다. 여기서 정면을 보면 굽은 내성천이 한눈에 들어오고 강으로 둘러싸인 땅 모양이 꼭 항아리처럼 생겼다. 그리고 맑은 강물과 넓은 백사장도 내려다볼 수 있다. 백사장 가쪽에는 둥근 곡선을 따라 나무가 심겨 있고, 논밭은 반듯반듯하게 정리되어 있다. 그 중앙에 회룡포마을이 있다. 오른편 곳곳에는 숲이 울창하다.

구경을 마치고 비룡교를 건너 쌍절암 숲길 산책로로 들어선다. 바람은 벌써 마중을 나와 있다. 바람은 내 등을 밀며 어서 가자고 발걸음을 재촉한다. 강폭은 점점 좁아지고 사공도 간데없다. 모든 게 변하는데도 낙동강 물은 여전히 남을 향해 유유히 흐르고 있다.

경상남도

12
지리산 자락길
가을 마천의 매력

　　　　　　　　　　남해고속도로를 따라 부산에서 진
주로, 그리고 다시 통영대전 고속도로를 타고 산청에서 마천으로
향한다. 높은 하늘의 구름도, 이따금씩 날아다니는 잠자리도, 차창
을 스치는 벼도 모두 가을을 알리고 있다. 백무동 계곡에서 흘러내
린 물줄기도 여름 내내 힘차게 엄천강에서 남강으로 흘러들더니
이제는 세상 구경까지 하며 느릿느릿 남쪽으로 흐른다.

　지리산 북부 관문이라는 지리적 위치 때문에 마천은 예로부터
전략적 요충지였다. 백무동, 벽소령, 한신계곡, 칠선계곡 모두 마
천을 거쳐야만 갈 수 있었기 때문이다. 나무로 겹겹의 울타리를 만
든 '마천보루', 민간인 특공대를 꾸려 빨치산과 대항했던 곳, '짚
세기 부대'라는 이색 별명으로 불린 민간 특공대, 이현상의 남부
군과 격전을 벌인 '마천 특공대'. 모두 마천의 지리적 위치가 빚어
낸 산물이다. 그리고 이 과정에서 희생된 수많은 마천 주민과 가족
을 잃고 홀로 남아 아직도 비극적 삶을 사는 이들 역시도.

마천 주민들은 여전히 산비탈을 아슬아슬하게 깎아내 만든 천수답 다락논에 생계를 걸고 있다. 비탈진 땅에 논은 언감생심이다. 그나마 있는 땅마저 습지라 밭농사조차 제대로 되지 않는다. 그런 땅을 놀리며 고단하게 사는 산골 마을도 여전히 남아 있다. 그들은 이제 모두가 칠순, 팔순의 노인들이 되었다. 그들 모두 이 터전에서 농사를 지으며 살아간다. 자연을 벗삼아 아픈 세월의 흔적을 지워 나가고 있다.

마천면에서 유림면으로 이어지는 도로변에는 너구리들이 아무렇지도 않게 어슬렁거리고, 달 없는 밤이면 산짐승이 마을로 내려와 닭을 물고 가는 것도 그리 드문 일이 아니다. 다락밭에서 김을 매던 할머니가 콧김을 뿜으며 산에서 내려온 멧돼지에 물렸다는 소식은 이야깃거리조차 안 되는 동네가 바로 마천이다. 마천의 궁벽함이란 본디 거친 자연과 빠른 시대의 변화를 따라잡지 못하는 느린 속도를 뜻하는 것이었으나 그마저도 이젠 옛말에 불과하다. 이제 마천의 궁벽함이란 때묻지 않은 자연과 사람들의 소박한 정을 나타내는 징표나 다름없다.

뙤약볕이 쏟아지는 한여름에도 마천은 여전히 매력적인 곳이다. 긴 장마로 물을 한껏 머금고 있는 지리산의 가장 유순한 길로 걸음을 내딛는다면 폭포 아래 수정 같은 맑은 물에 탁족을 할 수 있다. 궁벽했으되 지조를 잃지 않았던 선비를 기려 지은 물가의 정자에 올라 손부채 하나로 더위를 쫓는 것도 좋은 경험이다. 어디 이뿐일까! 해마다 이즈음이면 지리산에서 밀려드는 운무로 촉촉하게 젖는 깊은 산중에서 길러낸 산삼 몇 뿌리로 기력을 보신하는 호사도 누릴 수 있다. 그게 바로 여름 마천의 매력이다.

마천면은 지리산 천왕봉 등산로가 있으며 지리산 둘레길, 지리산 자락길, 칠선계곡 탐방로, 지리산 자연휴양림, 백무동계곡, 한신계곡, 금대암, 영원사, 서암정사, 벽송사, 덕전리 마애여래입상 등 많은 휴양지와 다양한 문화유산이 자리하고 있는 곳이기도 하다.

그중에서도 지리산 자락길은 2012년, 예능 프로그램인 '1박 2일' 촬영 때 처음으로 개발된 둘레길이다. 지리산 자락길 코스는 산길, 물길, 마을길, 고갯길을 이어 만들어졌다. 지리산 둘레길과 겹치는 곳도 있지만 자락길 코스는 마천 지리산 둘레길 안내센터에서 시작한다. 이번 자락길 트레킹은 그런대로 표지판이나 길 정비가 잘 되어 있는 편이었다.

지리산 자락길은 개통 이후, 관리가 제대로 되지 않아 방치되어 있었다. 그러던 중, 문화체육관광부의 의뢰로 전국 둘레길 모니터링을 하게 되었다. 지리산 자락길도 모니터링 대상 중 하나였다. 그 당시 지리산 자락길은 변변한 안내판이나 표지석은커녕 다리조차 군데군데 끊겨 있던 곳이었다. 수풀이 우거져 길이 보이지 않거나 수해로 아예 길이 끊긴 곳도 많아 도저히 둘레길로는 쓸 수 없을 정도였다. 모니터링 이후에는 그나마 정리가 되어 트레킹이 한결 수월해졌다.

천왕봉을 중심으로 흘러내린 능선이 다시 골을 이루고 지리산

골짝마다 자리를 잡았다. 사랑으로 가정을 이루고 땅과 자식을 키워낸 흔적들이 지리산 자락마다 가득하다. 옛날부터 손으로 하나하나 일구어낸 다랭이논, 빛과 바람, 비를 내려 주었던 하늘, 자라고 피우고 열매와 씨앗을 맺어 준 과실수와 온갖 나무와 풀들……. 이 모두가 소중한 문화유산이다.

이번 여정은 출발 지점인 둘레길 안내센터 ─ 금계버스 정류소 ─ 에서부터 시작된다. 맞은편에 있는 다리인 의탄교를 건너면 의평마을의 입구가 보이고 그 왼편으로는 지리산 둘레길이 보인다. 오른편에 난 자락길로 계곡을 따라 계속 오르다 보면 보호수가 보이고 가이즈카 향나무가 개울을 따라 나그네를 반긴다.

겨울의 든든한 반찬거리 배추도 어느새 푸르름을 더해 노란 속을 채워가고 다 캔 감자밭은 드문드문 떨어진 감자에서 새싹이 돋아난다. 이웃한 땅콩도 이제는 수확의 때가 온 건지 줄기는 제 기능을 다한 듯하다. 도시에서는 귀한 나물인 취나물도 내년 봄을 기약하며 억세어진다. 산으로 접어들며 억새를 따라 트레킹은 계속된다.

대부분의 트레킹 길은 큰 특징이 없는 것처럼 보이지만 자세히 살펴보면 저마다의 특징이 눈에 들어온다. 이 길은 옹기종기 마을이다 싶으면 다시 숲속으로 길이 이어진다. 굴뚝에 모락모락 연기가 금방이라도 피어오를 것 같고 자식이 왔다고 늙은 어머니가 맨발로 뛰어나와 반길 것 같은 집들이 발치를 스친다.

얼마 지나지 않아 벼가 반, 피가 반인 논이 나타난다. 농부가 게

으른 건지 유기농 농법으로 자라길 원하는 건지는 알 수 없으나 식물들은 따사로운 햇살을 받으며 살을 채워간다. 밭의 망초도 제집인 양 온 땅을 독차지하며, 작물을 못살게 굴고 나무를 휘감은 담쟁이는 하늘 높은 줄 모르고 올라가지만 나무는 기꺼이 담쟁이에게 제 허리를 내어주고 있다.

10여 분을 더 걷자 고즈넉한 숲길이 나오고 그 길을 따라 가채마을 이정표가 서있다. 의평마을에서 가채마을까지는 약 20여 분 거리. 가까운 거리도 아닐뿐더러 중간중간 길게 자란 수풀이 발목을 잡아대지만 자연과 함께라는 설렘은 언제나 나의 발길을 이 숲에 머물게 한다. 이곳 자락길에는 우리 농촌의 삶이 그대로 묻어 있다. 마천은 옛부터 오지라 교통이 불편해 자급자족으로 살아온 세월이 길었다. 웬만한 작물들은 전부 재배하는 것처럼 보인다.

가채마을이 눈에 들어오기 시작하면 잠시 팔각정에서 물 한 모금으로 목을 축이고 농로 포장길을 따라 강청마을로 오른다. 인적이 드문 길이라 기다란 풀들이 길의 주인 노릇을 하고 있다. 청암산 허리 흙을 밟으며 오르막을 오르고, 다시 완만한 길을 따라 내려가길 반복한다. 역시 트레킹은 약간의 오르막과 내리막이 있어야 제맛이다. 그러다 보면 어느새 풀벌레 소리와 새 소리가 훌륭한 여행 벗이 되어준다. 참으로 호젓한 여행이다. 다시 강청마을로 내려서니 노거수 느티나무와 정자가 나그네를 잠시 머물게 한다.

강청마을은 엄천강 상류인 지리산 삼정골과 백무골의 깨끗하고 맑은 물이 합수되는 곳에 위치해 경관이 무척이나 아름답다. 뒷산인 창암산에는 상투바위와 비네바위, 굴바위, 괭이바위 등 시선을 사로잡는 기암괴석들이 가득하다. 동쪽의 농암과 비락폭포의 절경은 이루 말할 수가 없다. 이곳 강청마을은 수많은 전설과 산꾼들의 빛바랜 사랑을 간직한 곳이다.

다시 농로길을 지나 계곡을 따라 오르면 고불사 주차장이 보이고, 출렁다리를 건너 고불사로 향한다. 출렁다리에서 바라본 계곡은 정겹고 아름답다. 돌계단을 쉬엄쉬엄 오르다 보면 가끔은 이마를 가로막고 고즈넉한 청취를 즐기게 된다. 고개를 들면 흘러가는 인생과 바람 사이로 지리산이 흐르는 황홀한 풍경이 펼쳐진다. 흐르는 구름과 계곡물에 세월의 무상함과 속절없음을 되뇌고, 절벽에 제비집처럼 걸려있는 암자에서 가족의 무사와 안녕을 빌어본다. 고불사는 그 자체도 아름답지만 가을이 단풍을 곱게 물들이면 암자의 기와도, 둘러싸고 있는 바위도 단풍에 취해 붉고 노랗게 물드는 풍경이 일색이다.

고불사 옆으로 난 등산로를 따라 참나무가 도열한 오솔길을 건노라면 온갖 상념이 사라진다. '내가 왜 여기 왔는가.', '나는 무엇을 하고 있는가.' 계곡과 만나는 끝 지점에 다다르면 도촌마을이 보이기 시작하고, 계곡을 따라 피어난 붉고 노란 물봉선이 나그네의 피로를 풀어준다. 다시 계곡 징검다리를 건너 도촌마을에 닿으면 섬말에 '짚신문학비'가 세워져 있다. 이 '짚신문학비'는 오동춘 짚신문학 회장의 한글 사랑을 기리기 위해 세워진 비로, 그의 고향이 이곳 도촌마을이라 여기에 비가 세워졌다.

마을길을 따라 실덕마을로 향한다. 현재 주소는 마천면 덕전리이다. 실덕은 열매를 얻어 온다는 뜻이다. 마을 이름이 얼마나 정겹고 토속적인가? 실덕마을을 뒤로하고 고담사로 길은 이어진다. 마을길을 따라 걸어나오면 농촌 어디서나 볼 수 있는 노거수 느티나무가 마을 중심에 자리 잡고 있다.

밭에는 옻나무가 무성하다. 이곳에서는 옻뿐만 아니라 초피나무도 키우는데, 그 초피나무의 빠알간 열매가 속살을 보이고 있다. 노란 산국과 고마리, 골등골나물이 나그네에게 손을 흔들고 밭의 오미자, 구지뽕나무, 사과도 농부의 마음을 아는 듯 알차게 영글어간다.

안부를 지나 숲길에 하얀 속살을 드러내는 자작나무가 몇 번 다녀온 원대리 자작나무 숲의 기억을 떠올리게 한다. 사거리를 따라 저수지를 돌아 천왕봉을 바라보며 고담사로 향한다.

고담사는 지리산 산자락의 자락길에 있는 아담하고 소박한 사찰이다. 특이한 점이 있다면 절 어디에나 있는 일주문이나 담장이 없다. 또한 지리산 천왕봉을 바라보고 있는 마애여래입상이 유명하다. 거대한 화강암에 세워진 불상은 보물 제375호로 지정되어 있다. 고려시대 제작된 거불조각으로 광배와 불신, 대좌를 갖추고 있으며, 전체 높이가 6.4m, 불상 높이가 5.8m나 된다.

스치는 바람 따라 풍경 소리는 아련히 산 너머로 사라지고 고담사를 나와 다시 내마마을로 길이 이어진다. 옛 돌담길과 마을 뒤를 지키고 있는 대나무밭은 이 마을의 수호신이 되고 청풍대 느티나무는 마을 사람들의 쉼터가 되어준다.

시멘트 포장 마을길을 벗어나면 다시 길은 오솔길을 따라 산으로 이어진다. 고사리는 누렇게 변해가고 있고 그 옆의 도깨비바늘도 노란 꽃송이를 떨어트리며 여행 채비를 하고 있었다. 일렬로 늘어선 부추도, 빨간 열매를 단 구기자도 제각기 농부의 피땀에 보답하듯 튼튼하게 자라니, 자연의 선물에 감사할 따름이다. 잘 단장된 어느 귀촌 부부의 집 앞에는 나무로 만든 예쁜 문패와 달구와 똘이의 이름이 자리하고 있다. 뜰과 길가에는 봉선화와 각양각색의 코스모스가 가득하고 유홍초도 빨간 입술을 내밀며 나그네를 반긴다. 산길에서 도라지와 더덕도 만나고, 자주 괭이밥도 분홍색 옷을 입고 서로를 뽐내며 조잘거리고 있다. 그렇게 발길을 옮기다 보니 어느덧 내마에 도착해 있었다.

가을을 알리는 억새는 하얀 핏대를 세우며 바람에 하늘거리고 물가 부레옥잠과 담벼락 인동초도 붉은색을 피워내며 가을을 알리고 있다. 밭의 율무는 가을 햇살을 받아 마지막 푸른 엽록소를 열매에게 전달하고 그걸 지켜보는 농부의 입가에는 미소가 피어난다. 아직 여물지 않은 붉은 피마자는 딸기처럼 탐스럽고 붉은 입술의 석류도 노란빛에서 빨간 알로 영글어간다. 이곳 농촌은 지금 온통 붉은 과실로 잔치를 벌이며 농부의 땀에 보답하고 있다.

이런 친구들과 이야기꽃을 피우며 발걸음을 옮기는 사이 도마마을이 보이기 시작한다. 아니, 황금이 시야에 펼쳐진다. 도마마을은 다랭이 논으로 유명하다. 벼는 벌써 여름 무더위를 이겨내고 가을 햇살을 받으며 누렇게, 누렇게 황금색으로 변해간다.

오지 산골 도마마을 다랭이 논은 이곳에 살아야만 했던 주민들이 눈물과 땀으로 만들어낸 땅이다. 위정자나 지주들의 착취와 전쟁 등을 피해 오지 중의 오지로 이주한 가난한 농민들은 농사지을 땅이 없어 가파른 비탈을 개간해 논으로 만들었다. 걷어낸 돌로 논둑을 쌓고 물이 쉬 빠져나가지 않도록 점토나 흙으로 마감했다. 모든 일이 사람 손으로 이루어졌다. 이들의 목표는 손바닥만 한 땅도 논으로 만든다는 것이었다.

수백 년 동안의 눈물겨운 노동으로 일구어낸 계단식 논은 생태적 가치가 높다고 평가받고 있다. 토양 침식을 막고 물을 머금어 홍수를 줄이며, 산속에 습지를 조성해 생물 다양성을 높였다. 일부 전문가들은 민초들의 고단한 삶이 예술로 승화되어 계단식 논이 되었다고 극찬한다. 지금도 큰 기계가 들어갈 수 없는 작은 논이 많아 소와 쟁기로 농사를 지어야 하는 곳이 많지만 이런 열악한 환경이 오히려 가슴을 뭉클하게 만드는 경관을 자랑하는 명소를 만들었다.

계단식 다랭이 논의 가장 큰 문제는 물을 어떻게 확보하느냐다. 천수답이 기본이지만 필요할 때 물을 제대로 공급할 수 없는 문제도 있다. 그러나 이 역시 선조들이 슬기롭게 해결했다. 뒷산의 물을 이용하여 위에서부터 고루 물을 댈 수 있게 수로를 각 논으로 연결한 것이다. 이를 만들기 위한 고통도 만만치 않았을 것이다.

가을걷이를 잘하여 이번 겨울도 풍성하게 보내기를 바라는 마음으로 이제 마천 전통시장으로 향한다. 길가에 개여뀌가 시장에 같이 가자고 바짓가랑이를 잡는 듯하다. 누가 심었는지 알 수는 없지만 겹겹이 꽃을 피운 빨간 천일홍과 일일초가 마지막 벌과 나비를 유혹하고, 아직 겨울은 멀기만 한데 설악초는 흰 눈으로 덮은 것만 같은 하얀 잎을 자랑한다. 강 옆으로 시원한 바람과 물소리를 들으며 징검다리를 건너다 보면 마천 읍내가 시야에 들어온다.

시멘트 농로길을 따라 마천 읍내로 들어선다. 1965년에 생겨난 마천 전통시장은 대표적인 함양의 농산물 물물교환 장소다. 아직도 5, 10일에 전통시장이 열리며 매주 토요일도 장이 열려 지역 주민이나 여행객들에게 편의를 제공해 주고 있다. 하지만 이곳 역시 이제는 소규모 점포들만 남아 예전 같은 명성을 느끼기는 힘들다.

작은 고갯마루를 넘어 지리산 골에서 흘러내리는 물길을 따라가다 보면 하산장으로 가는 길이 나온다. 풍경에 취해 고즈넉히 걷다 보면 오롯이 나만을 위한 시간이 된다. 그렇게 걷다 보면 목적지인 금계마을에 도착한다. 금계마을은 지리산 둘레길 3, 4코스 구간이기도 하다.

마당가에 악마의 나팔이라고도 불리는 다투라꽃이 탐스럽게 피어있다. 이 꽃은 천사의 나팔과 비슷하게 생겼는데, 천사의 나팔과는 달리 꽃이 하늘을 향해 핀다. 그뿐만이 아니라 독성도 있고 향기도 지독하여 천사와 정반대인 악마라는 이름이 붙은 듯하다.

지리산 자락길은

쉼 없이 즐기고

정신줄 놓고 빠져들고

자연의 흐름에 몸을 비우고

그냥 즐기며 걷자

그러면 온몸의 노폐물도

스트레스도

저 산속에 두고 옴을

몸으로 마음으로

짜릿하게 느낀다

참 고맙다

이 모든 자연에……

조선시대 실학자인 이중환은 『택리지』에서 살기 좋은 지역의 조건을 4가지로 나누었다. 첫째, 땅이 기름질 것. 둘째, 생활에 도움을 줄 것. 셋째, 경치가 뛰어날 것. 넷째, 인심이 좋을 것. 그중 이중환이 가장 중요하게 여긴 것은 인심이었다. 이곳 마천이야말로 그 네 조건을 두루 갖추면서도 특히 인심이 좋은 고장이 아닌가 감히 평가해 본다.

13

지리산 천황봉
사람과 더불어 살아가는 산

———

　　　　　　　　　　　지리산은 백두산 기운이 백두대간
을 타고 흘러와 마지막에 영롱하게 맺히는 곳이다. 영남, 호남 800
리에 뻗은 산자락은 민중의 삶을 지탱해 주는 터전이나 다름없다.
지리산은 나의 고향인 경남 하동부터 함양, 산청, 전남 구례, 전북
남원 등, 총 3개 도道와 5개 군에 걸쳐 있다. 이런 지리산의 지형은
동서 사이의 이질적이고 다양한 문화 형성에 큰 몫을 했다. 그렇다
면 지리산의 능선은 어디로 치솟고 있으며, 저 골짜기들은 어디로
흐르고 있는가?

　지리산 천황봉을 오르는 가장 짧은 코스는 시천면 중산리에 있
다. '지리산 공비 토벌 루트'라고 불리는 이 코스는 동족상잔의 비
극을 품고 있는 코스이기도 하다. 1948년, 구례군 문수리 계곡에서
빨치산 활동이 시작되었다. 이 빨치산 활동은 1963년 11월, 산청군
삼장면에서 마지막 망실 공비 두 명이 사살되기까지 멈추지 않았
다. 이곳 지리산 역시 끊이지 않는 총소리의 악몽이 담긴 곳이다.

선잠을 자고 새벽 2시 30분에 일어나 3시에 중산리 매표소를 지난다. 칼바위를 거쳐 로터리 산장으로 향한다. 칠흑 같은 어둠 속, 희미하게 건너편 능선이 눈에 들어온다. 여명이 다가오는 지금, 귓가에 들려오는 법천계곡 물소리가 꼭 어릴 적 방에서 듣던 자장가처럼 들린다.

잠시 휴식으로 피로를 달랜 후, 주변을 둘러보니 수많은 식물들이 저마다의 모습으로 잠을 청하고 있다. 괜히 소란을 피워 잠을 깨운 것 같아 미안한 마음까지 든다. 초여름에는 흰 꽃이 아름답고, 가을에는 노란빛 단풍이 아름다운 차나무와 노각나무도 보인다. 모두 겨울 준비를 마친 듯 비단 같은 피부가 반질반질하다.

그렇게 걷다 보니 어느덧 칼바위를 지난다. 낮에 오르면 좋은 조망을 볼 수 있는 망바위, 고운 최치원 선생이 글을 새긴 문창대가 보인다. 숨을 고르고, 달리고 또 달려 1시간 만에 해발 1450m의 로터리 산장에 도착했다. 산장에는 일출을 보기 위해 온 등산객들이 삼삼오오 모여있다.

여명의 시간이 다가오지만 흐린 날씨로 일출을 보긴 힘들 것 같다. 이것저것 살피며 올라온 탓에 산행 시간은 일반 등산객보다 훨씬 많이 걸렸다. 이윽고 시뿌연 하늘이 열리고 주목이 시야에 들어온다.

1000m 이상 고지에서 버티며 살아가고 있는 가래나무와 굴피나무가 눈에 들어온다. 본래 온대에서 흔히 잘 자라는 녀석인데, 이 높고 먼 곳까지 어떻게 이사를 온 걸까? 그런 생각을 하며 걷고 있

으니 하늘로 뻗은 능선을 따라 천왕봉이 시야에 들어온다.

천왕봉 아래 흰참꽃나무의 이름표가 보인다. 흰참꽃나무는 지리산, 가야산, 월악산 꼭대기 바위틈에서 볼 수 있는 우리나라 특산종이다. 이 모진 추위와 싸우면서도 봄을 준비하기 위해 겨울눈을 간직하고 있다.

또한 1000m 고지를 넘으면 제일 많이 보이는 나무는 자작나무과의 거제수나무다. 거제수나무는 지리산, 가야산, 조계산, 백운산 등 고도 600m 이상의 산에서 자생한다. 척박하고 건조한 땅에서도 잘 자라, 주목이 비켜난 자리를 비집고 들어와 이제는 산허리 절반이 희뿌연 거제수나무로 뒤덮였다.

천왕샘에서 흐른 물은 얼어 붙어 폭포를 이루지만, 천왕샘은 그대로 솟아오른다. 물맛은 40년 전이나 지금이나 변함없이 꿀맛이다. 천왕봉에 도착하니 기념사진 찍느라 줄을 섰다. 해마다 찾는 천왕봉이지만 2년 정도 바쁘다는 핑계로 오지 못했다. 2년이라는 시간이 흘렀어도 천왕봉은 변함없는 모습으로 날 반겨준다.

잠시 휴식한 후, 하산을 위해 발길을 돌린다. 중봉을 거쳐 유평 방면으로 하산 코스를 결정했다. 북서면은 얼마 전에 내린 눈으로 아직 잔설이 남아 있다. 그토록 기다리던 해님은 이제야 구름 속에서 고개를 내밀고, 중봉에서 바라본 지리산 능선의 풍경은 감탄을 절로 자아내게 한다.

난초, 지생란, 약난초, 각시취, 수리취, 하늘말나리 등 다양한 풀들이 저마다 겨울 준비를 마치고 차가운 바람과 싸우고 있다. 써리봉을 지나니 딱따구리가 짓다 만 집이 보인다. 아마 터를 잘못 골랐나 보다. 죽은 나무를 고른 것까진 좋았는데 하필 주목나무를 골라 쪼다가 만 흔적이 가득하다.

치발목 산장에 도착하니 벌써 점심시간이다. 새롭게 단장한 산장은 산객들이 가끔씩 찾는 호젓한 안식처다. 산을 타고 내려와 잠시 쉬고 있으니 사장님의 말씀이 떠오른다. "우리의 산은 쉬는 곳이다. 요즘은 산에 갔다 왔다고 하면 등산을 얘기하지만 옛날에는 들에 있는 얕은 산의 산소에 다녀오고도 산에 다녀왔다고 했다. 산은 부모님의 집이다. 영원한 쉼터이자 안식의 처소이다."

다시 유평마을로 하산을 서두른다. 겨울 무제치기 폭포의 물살은 모두 얼어 장관을 이룬다. 하산을 서두르면서도 이런 장관을 놓칠 수는 없다. 예전에는 매주 지리산을 다녔던 적이 있다. 새재, 조개골, 장당골, 무제치기 폭포…… 그 코스들이 아련하기만 하다. 지금은 갈 수 없는 코스가 되어버려 더더욱 그립다.

걷고 있으니 악천후로 피해를 입은 나무들과 지구온난화로 벌거벗은 능선이 눈에 들어온다. 그저 안타까울 따름이다. 우리의 산은 저만치 홀로 있는 산이 아니다. 늘 사람과 더불어 살아간다. 눈을 뜨면 산이 보여야만 안심하고 안식할 수밖에 없는 이 땅의 주인은 결국 우리다. 우리는 산이 없으면 존재할 수 없다. 우리도 언젠가는 이 자연으로 돌아갈 테니.

14
지리산 둘레길 제9코스
인생을 닮은 나무를 만나다

　　　　　　　　　　　　　　여명이 솟을 무렵에 하루가 시작
된다. 내 일상에 얼마나 많은 우연이 필연처럼 다가와 행복과 기쁨
을 주고 갈지 기대가 된다. 오늘도 이 길에서 스치고 지나는 것들
은 사라지고 다시 온다. 지리산은 더욱더 그러하다. 봄이 머리 위
로 스쳐 지나가고 한 달이나 빠르게 찾아온 계절이 피어난 꽃을 혼
란에 빠뜨릴 즈음, 차는 창원과 진주를 지나 덕산으로 향한다.

　덕산은 곶감으로 유명하지만 남명 조식 선생의 얼이 숨쉬는 선
비의 고장이기도 하다. 동의보감 길이 있는 왕산이 붙어 있는 것
또한 조식 선생의 덕이기도 하다. 중태마을은 오래 전까지만 해도
옥종면에 속해 가까이에 시천면 덕산을 두었다. 그 탓에 생활에 어
려움이 이만저만이 아니었으나 지금은 행정구역이 산청군으로 편
입되면서 그 어려움도 많이 해소되었다. 옥종면 위태리는 요즘 50
만 평이나 되는 동양 최대 편백나무 숲이 조금씩 알려져 찾는 사람
들이 늘고 있다. 지금은 자연 휴양림으로 조성해 숙박 업소까지 영

업 중이다.

이 길은 옛날 하동과 산청을 오가던 보부상 또는 우리네 어르신들이 다니던 길이다. 시장, 읍내 등을 오가며 생활을 이어주던 길이며 아직도 일부 구간은 산길이 그대로 남아 있어 옛 조상들의 발자취를 느낄 수도 있다.

덕산 5일장은 매달 4, 9일에 열리며 예전엔 약초로 연명했던 곳이기에 지금도 거래 품목 대다수가 약초다. 시장 간판이 덕산 약초시장이라 걸린 이유도 그것이다. 그뿐만이 아니라 요즘은 전국 곶감의 주산지이기도 해서 질 좋은 곶감을 저렴하게 구입할 수도 있다.

원리교 삼거리에서 직진을 하면 중산리 코스 천왕봉을 가장 빠르게 오를 수 있는 길이 나온다. 중간에는 법계사라는 유명한 절이 있고 우측은 대원사, 내원사, 산청 읍내를 갈 수 있는 길이다. 고개는 조금은 센 편이지만 마루에 올라서면 산청 읍내와 왕산, 필봉, 그 아래에 동의보감촌이 한눈에 들어온다.

남명로라는 길은 조식 선생의 호인 남명에서 따온 명칭이다. 조식 선생은 조선 중기의 유명한 실학자로, 여기서 그리 멀지 않은 합천 삼가에서 출생하였다. 벼슬에 뜻이 없으신 분이라 이곳 덕산에 덕천서원을 세우고 후학 양성에 생을 바치셨다. 이곳에서 약 5분 정도 올라가면 덕천서원이 있다.

덕천강 둑길을 따라 중태로 향하니 거세진 봄바람이 따사로운 햇살을 실어 나른다. 잘 정비된 강둑과 길게 늘어선 밭이 조화를 이루는 풍경이 선연하다. 그렇게 강물은 남으로 사라져간다.

중태 안내소에서 몸과 마음의 무거운 짐을 비우고 길가에 버티고 있는 정자나무는 중태마을의 역사를 증명하듯이 커다란 팔을 사방으로 뻗어 나그네를 불러 모으고 있다.

덕산은 곶감 주산지답게 온 천지가 감나무로 치장을 하고 가지마다 아기손 같은 파아란 새싹을 올리고 가을 농부의 행복한 미소를 만들 준비를 하고 있다. 감 종류는 여러 가지가 있으나 곶감 감으로 단성감을 많이 쓰는 것 같다.

감은 우리 곁을 지키는 고마운 과일이다. 일생도 사람과 닮았다. 감나무는 어릴 때는 나무 속이 뽀얀데, 결혼을 해 자식이 생기면서부터는(감이 열리면서) 속이 점점 시커멓게 변해 간다고 한다. 우리도 무자식이 상팔자라는 격언이 있듯이 자식이 생기면서 부모들의 속은 새까맣게 타들어간다.

홍시는 가지만 부러뜨리지 말고 얼마든지 따서 먹으라는 어른들의 말이 생각난다. 그날 감 주인도 그런 말을 하셔서 몇 개 따던 기억이 있다. 우리 조상들은 자연과 더불어 사는 지혜를 아는 것 같다. 가을철 감 수확을 다 하고 가지 끝에 두세 개의 까치밥을 남겨 날짐승도 먹을 수 있게 배려를 한 게 얼마나 지혜로운가. 나밖에 모르는 요즘 세상에 배워야 할 것이 아닌가 하는 생각이 든다.

둘레길을 따라 마을을 지나 오르면 나그네에게 인사라도 하듯 길 양쪽으로 자주색에 분홍색 꽃을 달고 있는 녀석들을 쉽게 볼 수 있다. 자주광대나물꽃과 서로 이웃하고 있는 봄까치다. 자주광대나물은 코딱지나물이나 보개초라고도 불린다. 주변에서 흔히 볼 수 있는 광대나물과 비슷하지만 잎이 자주색이어서 자주광대나물이라 불리게 되었다고 한다.

다시 도랑을 따라 오르면 시냇가에 흰색의 강활꽃과 분홍빛의 송엽국을 만날 수 있다. 강활꽃은 우산을 펼친 듯이 핀다 하여 산형화목에 속해 있으며 뿌리와 씨앗으로 번식을 한다. 냇가나 습지 같이 습한 곳에서 자생하며 2m까지 자라기도 한단다. 송엽국은 주로 화단이나 돌 틈새에 많이 심는 꽃으로, 소나무 잎을 닮아 송엽국이라는 이름이 붙었다.

한 시간 정도 더 걸으면 조그만 정자가 나오고 정자를 중심으로 노거수들이 서로 마주 보고 서 있다. 여긴 나무의 노인대학이나 마찬가지다. 노거수란 오래된 큰 나무를 이르는 말이다. 이곳에는 노거수가 몇 그루나 군락을 이루고 있다. 이런 모습을 보고 있자니 우리도 나이가 들면 이 나무들처럼 같이 모여 옛이야기라도 하며 살면 외롭지 않겠다는 생각이 든다. 그러려면 마주치는 모든 인연과 친구, 주위 사람들에게 잘해야겠다.

포장길을 따라 오르면 오른쪽에 수꽃을 달고 있는 친구가 반긴다. 길가에 호두나무는 장가를 가기 위해 수꽃을 만들고 새싹이 손바닥만큼 크면 꽃가루를 휘날리며 멀리 바람 소리를 축가 삼아 결혼식을 올리겠지!

산청군과 하동군의 경계 지점의 끝 마을을 지나면 양편에 차나무가 두 팔을 벌려 웃고 있다. 포장도로가 끝나고 산길 고개로 접어들면 분홍색 꽃들이 드문드문 반긴다.

얼레지는 백합과에 속하는 여러해살이풀로, 전국 높은 산의 그늘에 분포한다. 보라색으로 피는 꽃이 아침에는 꽃봉오리가 닫혀 있다가 햇볕이 들어오면 꽃잎이 벌어진다. 다시 오후가 가까워지면 꽃잎이 뒤로 말린다. 잎은 나물로 먹고 녹말이 함유된 뿌리는 구황식물로도 쓰였다.

얼레지는 개미 유충과 흡사한 냄새를 뿜는 검은색 씨앗을 퍼트리는데, 개미들이 이 씨앗을 자신의 알인 줄 알고 옮겨 씨의 발아를 돕는다. 개미가 옮긴 얼레지 씨앗은 7년이 지나야 첫 꽃을 피운다. 개미굴 깊이 자리를 잡고, 먹히고 밟혀도 끄덕없게 단단하게 보금자리를 마련한 후에야 드디어 새싹을 올린다. 그렇게 지리산 자락으로 이사 온 얼레지는 찬 기운 탓에 색상이 밝지가 않다.

다른 친구들은 모두 결혼을 하여 자식을 가졌는데 늦잠을 잔 이 녀석은 이제야 부랴부랴 꽃을 피워 벌, 나비 중매쟁이를 부르지만 계절의 변화에 결실을 맺을지 걱정이다. 제 임무를 다한 암꽃대는 입술을 삐죽이며 성공하였노라고 외치고 있다.

위태재를 넘으면 서로 뽐내며 푸른빛을 자랑하는 대나무가 바람에 나풀거리며 스산하게 운다. 극양수인 소나무는 삶을 위해 가지도 내지 않고 오로지 태양을 향해 하늘로 치솟는다. 대나무와 경쟁하며 하늘로 고개를 뻗던 소나무는 결국 대나무 위에 선다. 그제야 소나무는 한숨을 내쉬며 가지를 뻗고 광합성을 하며 양분들을 아래로 배달한다.

위태마을에 다다르면 위태지가 어여쁜 모습으로 여행자의 발길을 잡는다. 그 모습을 보고 있자니 스트레스가 절로 날아가고 가슴에는 희망이, 얼굴에는 웃음이 살포시 앉는다.

15
양산 천성산 암자
마음속 부처를 찾다

―――

　　　　　　　　　짚북재 넘어 늦봄에 흰 뭉게구름
따라 들어온 번뇌 한 조각은 다시 바람 따라 사라지고 상리천 맑은
물에 내 마음 내려놓으니 저 하늘도 땅도 마냥 좋은 날. 모든 속세
를 벗어던진 천성 암자 둘레길은 참으로 행복한 길이었다.

　천성산은 예전에는 원효산과 천성산으로 불렸다. 그러나 최근
들어 두 산을 합쳐 천성산이라 부르기로 했고, 본래 원효산이 천성
산 1봉, 옛 천성산이 천성산 2봉이 되었다. 사실 이보다 더 예전에
는 원적산이라 불렸다. 『동국여지승람』, 『세종실록지리지』, 『대동
지지』에서는 모두 원적산이라 칭했다.

　천성산 정상은 호미곶이나 간절곶을 제치고 한반도에서 1월 1일
새해 일출이 가장 빠른 장소이다. 한반도에서 가장 동쪽은 호미곶
이지만, 지구가 둥글기 때문에 해변보다 고도가 높은 산에서 일출
을 먼저 관측할 수 있는데 천성산이 동쪽이면서도 고도가 높기 때
문에 한반도에서는 가장 먼저 일출을 관측할 수 있다고 한다. 천성

산의 일출 시간은 간절곶보다 최대 4분이나 빠르다.

천성산 제1봉은 과거 나이키 미사일 포대가 주둔하였던 지역으로, 부산 태종대와 장산, 김해 불모산과 더불어 후방 지역에서 대인 지뢰가 많이 매설된 곳 중 하나이다. 1991년에 나물을 채취하던 할머니가 지뢰 사고를 당한 적이 있으며, 경계철조망 보수 작업에 참여했던 군인들이 지뢰를 밟아 사고를 겪은 일도 있다. 지뢰 제거 작업이 아직까지 이어지고 있어 정상 부근과 원효암에서 천성 1봉을 오르는 구간은 통제되고 있다. 아직도 찾지 못한 지뢰가 상당하기 때문에 산행 시 주의가 필요하다.

천성산 내원사로 향하는 길은 낮은 암자 길이 도란도란 이야기를 속삭이며 세상의 시름을 달래는 듯하다. 길 위에 펼쳐진 파아란 하늘이 드문드문 솜사탕을 배달할 때쯤 차량은 내원사 주차장에 당도한다. 주차장 옆 익성암에 오르니 활짝 열린 암자 대문 사이로 꽃잔치를 벌이고 있다. 모란은 이제 시집가서 아들을 잉태 중이고 자란, 물망초, 자주달개비 등은 한창 분칠을 하고 결혼을 준비 중이다. 고즈넉한 암자에 부처님의 자비와 환하게 미소 짓는 꽃들 사이로 햇살도 바람을 데려와 목젖을 적신다.

여유로운 마음으로 산하동 계곡을 따라 발길을 옮긴다. 이 물은 내원사 계곡을 흘러 양산천에 이르는 용연천이다. 내의 이름이 용연천인 것은 이 지역의 이름이 용연이어서 그렇다. 내원사 매표소에서 직진하여 노전암 쪽으로 쭉 흐르는 내가 상리천이고 그 계곡이름이 산하동 계곡이다. 산하동 계곡을 따라 20여 분을 오르다 보면 왼쪽에 시그널이 하나 달려 있고 희미하게 비탈을 오르는 길이 있다. 금봉암 가는 길이다. 자세히 살피지 않으면 지나치기 쉽다. 오랜만에 오르는 금봉암 가는 길이다. 경사진 비탈길을 제법 오르면 숲속 오솔길이 나오고 온갖 자연들이 손을 흔들며 부처님의 자비를 설법한다.

3대가 함께 살아가고 있는 우리 생활의 벗 소나무, 이제 막 꽃을 땅속 미생물에게 선사하고 다음 세대를 잉태한 쇠물푸레 나무, 가막살나무, 마구 하트를 날리며 여행객을 맞이하는 생강나무, 바다의 짠내를 풍길 듯한 마마보이 감태나무가 산객의 마음을 달래준다.

이런저런 숲속의 생물들과 벗하며 비탈길을 오르고 오솔길을 지나 제법 더 걸으면 금봉암이 보인다. 금봉암은 소박함이 지나쳐 암자 같지 않게 보이는 암자다. 그러면서도 다시 오고 싶은 암자 중의 암자다. 스님의 인자함과 부처님을 닮은 포근한 마음이 여러 여행객을 불러 모아 항상 객이 끊이지 않는 암자다.

주지스님은 꽃을 무척 좋아하시고 가꾸기를 좋아한다. 그래서 절 입구에 들어서면 붉은 찔레가 객을 반기며 인사한다. 스님의 정성과 노력이 깃든 식물들이 암자를 가득 채우고 낭떠러지에 세워진 쉼터는 속세의 모든 고뇌를 털어낼 만큼 여유롭고 평온하다.

암자 아래 수백 년 된 참나무는 더부살이하는 겨우살이 이웃과 일광욕을 즐기고 있다. 비록 지난 태풍 때 한쪽 팔을 잃고 스님의 애간장을 태운 적도 있었다마는, 다시 씩씩하게 이 암자와 숲의 어

른이 되어 수호를 자처하고 있다. 머리 위에 쓰인 화두 '이 뭐꼬'
는 이 세상을 살아가는 모든 이에게 던지는 질문이 아닐까 싶다.
나오는 길에 차 한 잔을 같이 못 한 아쉬움과 참나무를 지키지 못
한 스님의 상심이 전해진다. 다음에 꼭 차 마시러 오라는 스님의
당부를 뒤로 하고 금봉암을 나선다.

오던 길을 되돌아 내려오면 성불암 갈림길에서 왼쪽 노전암 대
신 오른쪽 성불암 방향으로 들어선다. 상리천은 일 년에 서너 번은
들꽃 때문에 오는 곳이다. 이번 봄에도 얼레지 때문에 두 번이나
다녀갔다. 얼레지는 잘 지내고 있겠지! 이제 때죽나무도 하얀 꽃송
이를 마구 뿌려대며 여름을 준비 중이고 노각나무도 얼룩무늬를
자랑하며 열매를 막 맺기 시작했다.

이윽고 만나는 계곡, 성불암 계곡이다. 계곡의 왼쪽은 공룡능선
이고 오른쪽은 중앙능선이다. 계곡을 조금 걷다가 계곡을 버리고
성불암 쪽으로 비탈을 올랐다. 500m쯤 걸었을까. 멀리 산 능선의
풍경이 한 폭의 그림같이 펼쳐지는 암자를 만났다. 성불암이다. 암
자가 아담하면서도 정갈하니 예쁘다. 금봉암과 성불암은 그 자체
로 부처가 걸어 나올 것 같은 곳이다. 역시 발품을 팔아야 좋은 곳
을 만난다. 멀리 보이는 공룡능선과 그 사이를 비집고 늦깎이로 피
고 있는 자목련이 청명한 하늘색과 어울려 수채화를 그린다. 산부
추와 자목련도 2세 준비를 마친 모양이다.

약수 한 모금으로 피로를 달래며 성불암을 나선다. 계곡을 곁에
두고 시나브로 오르면 조잘거리는 물소리, 스치는 바람 음악, 숨바

꼭질하는 산새…… 모두가 정겹다. 길은 양 갈래로 도열한 나무들이 만들어낸 그늘 덕분에 시원하게 걷기 좋았다. 봄에 7년을 기다려 꽃을 피웠던 얼레지들도 이제 내년을 준비하기 위해 입을 벌려 씨앗을 땅으로 토해낸다.

계곡의 끝 무렵에서 왼쪽으로 방향을 틀어서 올랐다. 이윽고 만난 짚북재. 짚북재에서 왼쪽으로 오르면 공룡능선이 나오고 오른쪽으로 가면 천성산 2봉을 만날 수 있다. 우리는 직진하여 한듬 계곡으로 향했다. 한듬은 순우리말이다. 듬은 '산'이라는 뜻이고, 한은 '크다'는 뜻이다. 그러니 한듬은 '큰 산'이란 말이다.

계곡을 따라 계속 내려가면 오른편에 조계암과 안적암으로 가는 이정표가 서있다. 가는 길 옆에는 가사암도 있다. 계곡을 따라 계속 노전암 쪽으로 내려가다 보면 점점 계곡이 좋아진다. 너럭바위들이 있어 물놀이 하기에 딱 좋아 보였다. 여름이 짙어지면 김밥 한 줄에 삶은 달걀 하나, 막걸리 한 병 챙겨서 발이나 담그러 와야겠다. 얼마를 더 걸었을까. 멀리 노전암이 보였다.

작은 다리를 건너면 오른쪽이 바로 노전암이다. 노전암을 지나 계속 가면 장대골이 나오고, 장대골에서 다시 오른쪽으로 꺾어 계곡 따라 걸으면 동침막골이 나온다. 동침막골에서 직진하면 나오는 곳이 바로 불경을 많이 보관하고 있는 곳으로 유명한 대성암이다. 대성암에서 왼쪽으로 가면 정족산이고, 직진하여 고개 넘으면 울산 최고의 폐사지 운흥사지이다. 남동쪽으로 가면 조계암과 안적암이고 그 다음이 주남고개이다.

노전암은 한때 20첩 밥상의 공양으로 유명했다. 건물들은 대체로 최근에 지어진 것이어서 옛맛은 없다. 그런 노전암에서 지친 우리를 반긴 건 견공들이었다. 새끼 진돗개들이 사람을 알아보고 졸졸 따라왔다. 대웅전 가는 길옆 작은 밭에는 함박꽃이 가득 피어있었다. 함박꽃은 작약이다. 꽃이 크고 탐스러워서 함박꽃이라고 한다. 어릴 적 시골집 마당에 피어있던 함박꽃이 생각났다. 추억이 고향이면 언제나 아련하다.

천성산에는 모두 17개의 암자가 있다. 그중 8암자가 내원사 쪽에 있다. 내원사 계곡을 소금강이라고도 한다. 그만큼 아름답다는 말이다. 실제로 만난 계곡들, 내원사 계곡, 산하동 계곡, 성불암 계곡, 한듬 계곡 등은 모두 여느 계곡 이상이었다. 특히 한듬 계곡은 계곡의 깊이와 넓은 바위와 만만찮은 수량이 어우러져 절로 감탄이 나왔다.

노전암을 지나서 계곡 어디쯤에서 발을 씻었다. 덕지덕지 붙어 있던 마음의 때가 덩달아 씻겨 내려가는 것만 같다. 자연이 곧 수행처였던 것이다. 내 가는 곳 어디든 극락 아닌 곳이 있으며, 지옥 아닌 곳이 있으랴. 그저 마음속 부처를 찾을 뿐이다.

16
산청과 수선사
자연을 담다

———

　　　　　　　　　　남해고속도로와 대통고속도로를
따라 산청 나들목을 지난다. 5분 정도만 더 달리면 산청의 경관이
보이기 시작한다. 산청은 민족의 영산인 지리산과 천혜의 자연 환
경을 토대로 삼은 지역이다. 소박한 고대 가야 문화와 신라의 불교
문화가 골짜기마다 스며있고 남명 조식 선생의 사상과 선비 정신
이 깃들어 있는 역사와 문화의 고장이기도 하다. 코로나로 지친 일
상을 잠시 내려놓고 살아 숨 쉬는 자연과 함께 살며시 산청으로 떠
나본다.

　읍내에서 마천 방향으로 차를 돌리면 왕산 중턱에 걸터앉은 동
의보감촌이 보인다. 동의보감촌에서는 동의보감 둘레길을 통한 트
레킹이 가능하다. 동의보감촌 내에는 약 2시간 정도 소요되는 허
준 둘레길이 조성되어 있어 누구나 가볍게 걸어볼 수 있다.

　취암은 대성산의 기암절벽과 어우러진 풍경이 소금강에 비유되
곤 한다. 산 중턱에 걸려 있는 정취암을 뒤로하고 산청 읍내에서

10분 정도 이동한다. 그러면 수선사에 도착한다. 수선사는 지리산 자락 왕산 웅석봉 아래 고즈넉이 자리를 잡고 있다. 마음을 닦기에 는 최적의 장소나 다름없다.

우리는 살아가며 여러 곳에 의지한다. 여러 번 갈림길을 마주하고, 어려움에 부딪히기도 한다. 그럴 때 나는 가끔 산사를 찾곤 한다. 수선사는 번잡한 마음을 안정시켜 줄 수 있는 적격의 장소라 확신한다.

수선사는 일주문이 특이하다. 나무로 된 대문은 여느 절의 일주 문에서는 찾아볼 수 없는 매력을 가지고 있다. 절을 드나드는 사람 이 스스로를 낮추고 고개 숙여 인사하게 만든다.

오죽烏竹 사이로 보이는 연못은 살포시 눈이불을 덮어 겨울잠 자 는 생물들을 포근하게 감싼다. 한결 따스해진 햇살은 식물에게 봄 의 준비를 재촉한다. 겨울 산사는 마음을 따스하게 채우지만 이곳 에도 독감이 드는 것은 어쩔 수 없나 보다. 조경의 장인 여경 스님 은 아직도 감기 기운을 다신 채였다. 스님과 창가에 앉아 대추차 한 잔을 마시며 이런저런 이야기를 이어나갔다.

수선사는 '일체유심조'의 마음으로 희한한 인연이 닿아 지어졌 다고 한다. 처음엔 법당은 없고 정원만 있는 절이었으나 15년 만에 법당을 지었다고 한다. 소나무를 싣고 가는 차를 세워 나무 한 그 루를 얻어 법당 앞에 심기도 했단다. 다랭이 논을 파면서 나온 돌 로 연못을 만들고, 법당 뒤에서 나오는 물로 물길을 만들었다. 웅 석봉에서 나오는 물로는 물레방아를 돌리고, 연못에 나무다리를 놓아 연못을 천천히 산책할 수 있도록 만들었다. 지금의 아름다운, 마치 정원 같은 수선사는 이러한 노력으로 탄생했다.

법당 뒤에는 수양매실 두 그루가 자태를 뽐내며 봄을 기다리고 있다. 법당 앞에는 작은 연못이 있는데, 그 앞에는 배롱나무 한 그루가 자리 잡고 있다. 시끌벅적하던 잔디밭 앞 자연의 놀이터에 겨울바람과 희미한 햇볕만이 노닌다.

여경 스님의 부탁으로 종무소 손볼 곳이 있다 하여 잠시 일손을 거들어드렸다. 바람과 따스한 겨울 햇살, 그리고 뒤뜰의 수양매실과 배롱나무에 찾아올 봄을 기대하며 단성면으로 발길을 옮겼다.

천왕봉의 관문인 중산리와 유평계곡, 백운동계곡, 칠정 구만마을 옹기 생산지, 남사 들판은 옛 모습을 그대로 간직하고 있다. 전국에서 가장 아름다운 마을 1호인 예담촌은 돌담이 멋지게 어우러져 보는 사람을 다 흐뭇하게 만든다. 우리나라에서 처음으로 목화가 재배된 문익점 시배지가 보이고, 곧 다리를 건너면 성철 스님의 생가인 겁외사가 여행객들을 반긴다.

그런 풍경을 보고 있으니 '서로가 같은 방향을 갈 때 이야기는 통한다.'라는 말이 떠오른다. 인간은 스스로 본 것으로 이 세계의 만물을 판단하고 편견으로 바라본다. 그러나 자연은 있는 그대로를 바라본다. 꽃을 보라. 꽃눈은 1년, 2년, 어쩌면 몇 년이나 꽃을 피울 준비를 한다. 봄과 여름, 그리고 가을, 혹한의 겨울까지 견뎌낸 후에야 비로소 꽃을 피운다. 그런데 사람은 준비도 안 하고 성공하기를 바란다.

17
김해 진영
화포천습지 친구들

부산에서 30분 거리에 위치한 김
해 화포천습지 생태공원으로 떠난다. 외곽고속도로를 따라 동진영
나들목으로 내려간다. 얼마 지나지 않아 봉화마을 입구가 나오고
노무현 전 대통령의 고향인 봉화마을 주차장에 도착한다.

고즈넉한 봉화마을 자전거 길을 따라 걸으면 노무현 전 대통령
생가와 추모공원이 나온다. 좌측 추모공원과 과수원을 지나면 이
내 부엉이 바위가 보이고 계단을 따라 오른다. 좌측 바위 아래, 널
따란 공터의 굴속은 언제부터인가 기도를 올리는 장소가 되어, 바
위 위를 오르면 마애석불이 누운 채로 손님을 맞이하고 있다. 다시
한숨에 계단을 오르면 개울을 건너 왼편에 철조망으로 가려진 부
엉이 바위가 보인다. 이곳에서 잠시 상념에 잠긴 채로 풍경을 바라
본다.

정토원을 지나 사자바위 전망대에 서니 '사람 사는 세상' 이라는
문구 너머로 봉화 들녘이 눈에 들어온다. 다시 발길을 돌려 호젓한

숲속으로 들어서면 체육시설이 나오고 오른쪽 아래로 꺾어 화포천으로 이동한다. 산딸기와 온갖 꽃들이 노래하고 소나무는 연신 솔향을 쏟아내며 숲을 향기롭게 꾸미고 있다. 얼마 지나지 않아 화포천을 만난다.

화포천은 하천 길이 22.25km, 유역 넓이 137.84㎢의 하천이다. 지천은 총 13개로, 진례천, 고모천, 무릉천, 설창천, 용성천, 퇴래천, 안하천, 용덕천, 사촌천, 경동천, 금곡천이 서로 연결되어 화포천을 이루고 있다. 화포천습지는 화포천의 중류부터 낙동강과 만나는 곳까지 만들어진 국내 최대의 '하천형 습지'로, 길이는 8.4km, 전체 습지 면적은 3.1㎢에 이른다. 습지에 살고 있는 생물의 종류 역시 다양하며 이 중 멸종 위기 동식물도 다수 있다. 그야말로 생명의 보고다.

화포천습지 생태공원은 화포천습지의 중하류에 위치하고 있다. 화포천을 따라 크게 두 번 굽이치며 서에서 동으로 길게 이어지는데, 물이 흐르는 곳마다 새로운 경관이 펼쳐진다. 계절이 바뀌면 바뀌는 대로 새로운 모습으로 탈바꿈하니 항상 신선하고 아름답다. 또한 화포천습지 생태공원에는 다양한 동식물들이 서식하고 있어 생태 교육과 생태 보존의 장으로 우리가 지켜나가야 할 재산이나 다름없다.

화포천습지 생태공원에서는 다양한 체험 활동이 이루어지고 있었다. 이번 체험 활동은 초등학생을 대상으로 한 듯 전부 어린아이들이었다. 이 어린이들이 자라 훌륭한 자연 환경 운동가가 되었으면 하는 바람으로 화포천을 걸어나간다.

광장을 지나 시멘트 길을 따라가면 옆으로 화포천이 이어진다. 이 길을 따라 계속 걷다 보면 어느덧 생태 학습장을 지나고, 노란 살구, 다정하게 노니는 모과가 보인다. 그 옆의 멀구슬나무는 이제 막 파란 열매를 조랑조랑 단 참이다. 이곳은 주차장에서부터 둑길을 따라 쭉 멀구슬나무를 가로수로 식재해 놓았다.

화포천 둑길을 따라 길게 늘어선 수로와 논은 이제 막 모심기를 마쳤는지 초록으로 물들고 있다. 큰까치수염은 저 아래부터 할아버지 수염처럼 희게 변해간다. 그렇게 걷고 있으니 열차가 화포 들녘을 가로지르며 달려간다. 파란 길 위로 빠르게 뜀박질하는 깡통은 전봇대를 밀어내고 남으로 사라진다. 찾아오는 사람 없어 지천에 깔려 붉게 변한 산딸기는 나에게 적선을 한다. 길을 거닐며 산딸기를 따먹는 것도 여행의 묘미 중 하나다.

노랑어리연꽃은 한낮의 햇살을 받으며, 물속 깊숙이 닻을 내린 채로 물 위에서 뱃놀이를 즐긴다. 둑방길 따라 새싹을 올린 고삼들은 손가락을 펼쳐 가위바위보 놀이를 하느라 여념이 없다. 바람 따라 이리저리 하늘거리는 양버들은 이제 여러 친구를 떠나보냈고, 영선사 담벼락에 축 늘어선 구기자는 꽃과 함께 푸른 열매를 달고 있다. 이곳의 이웃들 모두 여름 준비로 바쁘다.

화포천을 따라 여기저기 터잡은 며느리배꼽과 박주가리는 화포천습지 생태공원 정자 앞에 모여 회의 중이다. 습지를 거닐면 여기저기 숨은 석잠화가 보인다. 가끔은 잿빛 하늘 아래에서 나풀거리는 나비가 친구가 되어주기도 한다.

화포천습지에는 선버들, 왕버들, 버드나무, 능수버들이 삼삼오오 모여 이야기를 나누고 있다. 습지 생물과 새들에게 포근한 보금자리가 되어주는 갈풀과 갈대도 지금은 물살에 흔들리며 춤추기에 바쁘다. 특히 선버들의 수형은 마치 잘 가꾸어진 정원수 같다.

버드나무는 화포천습지의 대표 격인 나무라고 할 수 있다. 습지 가장자리에서 특히 많이 볼 수 있으며 중간중간 보이는 나무도 대부분 버드나무다. 습지 덱을 지나 둑길로 올라서면 양쪽으로 늘어선 벚나무가 보인다. 어느덧 봄꽃으로의 임무를 다하고 버찌를 후두둑 떨어트리고 있다. 벚나무는 분홍 나팔을 불며 습지를 호령하고 버드나무 아래 물가의 생이가래와 개구리밥은 온통 햇볕을 독차지한다.

노랗고 빨간 줄기는 무슨 영양분이 필요한지 하염없이 손을 뻗어 이리저리 헤매이고 바짝 독기를 올린 환삼은 가시를 삐쭉이며 나무 목을 졸라댄다. 수문 옆 호수의 재두루미는 밥을 먹다가 놀랐는지 큰 날개를 퍼덕이며 창공으로 날아오른다. 애기부들이 노란 수술을 바람에 휘날리는 걸 보니 수정할 준비를 마쳤나 보다. 한여름 대표 꽃인 자귀나무는 분홍빛의 기다란 수술을 쭈뼛쭈뼛 내밀며 예쁜 자태를 뽐내본다.

어디서 찾아온 건지 모를 새털구름이 동으로, 동으로 흘러가다 바람에 날리며 흩어지고 만다. 어느새 화포천습지 생태공원의 햇살이 내 몸속으로 파고들며 따스한 에너지를 만들어낸다. 자연은 우열이 아니라 다름을 표용하는 넓은 마음을 가졌다. 이곳에서 태어난 노무현 전 대통령도 다름을 표현하는 넓은 마음을 이 화포늪 자연에서 배우지 않았을까.

18
산청 남사와 하동 옥종
이순신 장군의 행적을 좇아서

1592년, 임진년. 일본군 선봉대가 가덕도를 거쳐 부산포로 쳐들어와 파죽지세로 한양으로 향했다. 그로부터 채 2개월도 되지 않아 조선의 국토가 일본군에게 짓밟혔다. 그 기간이 무려 7년이다. 참혹했던 임진왜란, 그 혼란 속에서도 성웅은 나타났다. 이순신은 일본의 모략과 선조 임금의 오판으로 모든 직책을 박탈당하고 한양으로 압송되어 사형을 선고받았다. 그러나 정탁의 청원으로 정유년 4월에 출옥한다. 이후 권율 장군 휘하에서 백의종군하라는 명을 받아 합천을 지나 남해로 이동한다.

부산에서 남해고속도로를 타고 진주 분기점에서 다시 함양고속도로로 향한다. 가다 보면 단성 IC가 나오고, 20번 국도를 타고 20여 분 정도를 더 달리면 남사 예담촌이 나온다. 백의종군길 중 남사에서 옥종 숙영지까지, 이순신 장군의 행적을 좇으며 그의 마음을 감히 새겨보고자 한다.

남사 예담촌은 수많은 노거수와 담장이 어우러진 옛스러운 마을이다. 하씨 고가의 하연이 심은 620년 된 감나무, 1700년대 지어진 이씨 고가의 약 310년이나 된 부부 회화나무 등 노거수도 있다. 이곳에서 20년 산 나무는 이제 막 걸음마를 뗀 아기 수준이다. 예담촌은 옛담이라는 의미다. 한옥과 돌담이 어우러져 있는 마을 풍경을 보면 그 의미를 금세 깨달을 수 있을 것이다. 마을 곳곳에서 옛 선비들의 기상과 예절을 엿볼 수 있으며 한옥 풍경과 더불어 전통문화 체험도 할 수 있다.

개울을 건너 물길을 따라 오르다가 좌측으로 건너 야산으로 향한다. 몇 년 전 여름, 탐스러운 알맹이를 주렁주렁 달았던 밤나무들이 이제 기지개를 켜고 겨울잠에서 일어날 준비를 한다. 조그만 암자의 스님은 목마른 여행객에게 기꺼이 물 한 잔을 대접한다. 다니는 길에 스치는 올망졸망한 마을에서는 정겨운 시골 냄새가 물씬 난다. 마을 어귀의 연로한 느티나무에서는 이순신 장군의 용맹한 기개가 엿보이는 듯하다. 그렇게 걷다 보니 어느덧 덕산에서 내려오는 지방 도로와 만난다. 신작로를 따라 수곡으로 향한다.

이 고난의 길을 백의종군하면서 이순신 장군은 어떤 생각이 들었을까? 지금 같은 길을 걷고 있지만 그 마음은 결코 헤아릴 수 없을 것이다. 수곡 원당마을의 노거수 느티나무는 백의종군하는 장군의 뒷모습을 보면서 얼마나 안타까워했을까? 이순신 장군은 백의종군을 하면서도 틈틈이 훈련을 게을리하지 않았다. 그 때문에 수곡마을 들판 한가운데에 훈련장이 있었다. 비록 그 흔적은 남아 있지 않지만 비문만이 남아 우리에게 역사의 자취를 알린다.

덕천강을 따라 걷다 보면 지금 발 디딘 곳이 산청군, 저 강 건너가 하동군이다. 덕천강은 산청과 하동의 경계를 이루며 흐르다가 다시 경호강과 합류하여 남강을 이룬다. 수곡에서 다리를 건너면 하동군 옥종면 문암마을이다. 옛날 강가 마을은 다리가 없었다. 그 때문에 나룻배가 있어 줄을 당겨 사람이 건너다니곤 했다. 이곳은 어땠을지 모르지만 아마 여기도 별반 다르지 않았을 것이다.

문암마을에 들어서면 강가에 커다란 정자가 세워져 있다. 이곳이 바로 이순신 장소의 전략 회의 장소다. 회의를 통해 수시로 전략을 세우고, 훈련을 통해 실력을 갈고닦는다. 장군은 남해에 당도했을 때 바로 전장에 투입될 수 있게 만반의 준비를 하고 있었다는 뜻이다. 이것이 이순신 장군의 승리 요인이 아닌가 생각한다.

다음은 이순신 장군이 숙영했던 숙박지, 옥종 청룡마을이다. 옥종 지서 뒤편으로 들어서면 냇물이 흐르고, 물이 흐른 길을 따라 오르면 좌측에 늙은 은행나무 한 그루가 나타난다. 평범한 노거수처럼 보여도 사실 경상남도에서 가장 굵은 은행나무다. 나라에 큰일이 생길 때마다 울음소리를 내서 미리 알려주었다는 전설이 있다. 그래서인지 이 지역에서는 이 나무를 수호목으로 여겨 제를 지낸다고 한다.

그리고 조금 떨어진 곳에 이순신 장군 백의종군 숙영지가 있다. 먼 옛날, 이순신 장군이 머물렀던 곳이라 생각하면 절로 고개가 숙여진다.

19
남해 농가도와 삼천포대교
우리는 날마다 길을 걷는다

어느덧 봄의 한가운데다. 이 시기에 식물은 에너지를 가장 많이 사용한다. 대지를 적시는 빗방울은 온 삼라만상에 자양분이 되어주고, 식물들은 빗줄기를 두 팔 벌려 기쁘게 받아들인다.

사천에 들어서면 비행장을 지나 옛 삼천포로 향하던 철길은 추억 속으로 사라진 지 오래다. 이제는 철길 대신 곧게 뻗은 아스팔트 도로를 따라 삼천포로 들어선다. 삼천포대교를 지나 남해 창선에 들어서면 농업과 어업의 마을이 줄줄이 손짓하며 서있고 산과 들은 새싹의 푸름이 아닌 녹음의 푸름으로 옷을 갈아입었다.

남해군은 남해읍을 중심으로 남해도와 창선도, 2개의 섬으로 이루어져 있으며 남해대교를 통해 하동 육지와 연결되어 있다. 하동 전설에 의하면 본래 남해는 육지였는데 욕심 많은 호랑이를 하동으로 못 오게 하기 위해 섬으로 분리시켰단다. 그리고 2003년, 삼천포대교가 새로 개통되며 창선과 남해의 일상을 바꾸어 놓았다.

추적추적 내리던 빗방울은 굵어졌다 가늘어졌다를 반복하며 바다 위에 물풍선을 만든다. 창선대교를 지나자마자 우측으로 들어서면 바닷가를 따라 죽방렴 홍보관이 나온다. 그로부터 5분 거리에 오늘의 첫 여행지인 농가도가 나오고, 입구에 들어서면 남해 지족해협 죽방렴이 펼쳐진다.

지족해협은 시속 15km의 거센 물살이 지나는 좁은 물목이다. 이 일대의 어로 작업은 '죽방렴' 이라 불리는 고유 어획법으로 이루어진다. 23개소 죽방렴이 설치되어 있어 우리나라 전통 어업 경관을 잘 보여주는 곳이기도 하다. 죽방렴은 대나무발 그물을 세워 물고기를 잡기 때문에 대나무 어살이라고도 하며, 물때에 물고기가 안으로 들어오면 가두었다가 필요한 만큼 건지는 형식이다. 이곳에서 주로 잡히는 물고기는 바로 멸치다.

이제 농가도로 들어가 보자. 농가도라는 이름은 옛날 어른들이 일을 하다가 노래를 하며 쉬기도 했다는 데에서 유래했다고 한다. 연육교 중간 지점의 죽방렴을 지나면 농가도 간판이 여행객을 반긴다. 귀여운 몽이와 쿵이도 손님맞이로 꼬리를 흔든다.

농가도는 김병권, 정정례 부부가 사들인 후, 연육교를 놓고 섬을 가꾸어 지금에 이른다. 섬의 주인 격인 곰솔과 아카시나무, 산뽕나무, 미국자리공 등이 농가도에 자생하고 있었다. 지금은 거기에 더해 온갖 꽃들로 섬이 다채롭다. 모두 부부의 노력이다.

바다와 어우러져 봄비를 맞는 꽃들도 각자 단장을 하느라 한창 바쁘다. 조그만 섬을 한 바퀴 돌며 전망대에 오르면 저 멀리 창선대교가 남해 본섬과 창선도의 오작교가 되어 있다. 북으로는 두 개의 무인도가 농가도와 나란히 서서 친구하고 있다.

병권 씨 부부는 어제 마실 나간 몽이가 돌아오지 않아 겸사겸사 출근했다고 한다. 비 오는 날에도 화단을 가꾸고 섬을 돌보는 데 여념이 없다. 몽이는 어젯밤 밤새 보초를 서서 피곤한 건지 비를 피해 따스한 난롯가에서 늘어지게 잠을 자고 있다. 그 옆에는 이름 모를 고양이도 함께다. 마치 섬의 주인이라도 된 양 편안해 보인다.

박병권 사장님과 차 한 잔을 나누며 이런저런 이야기를 나눈다. 한참을 떠들어도 이야기보따리는 바닥을 드러낼 줄 모른다. 어쩔 수 없이 아쉬운 마음을 안고 섬을 돌아 나온다. 비는 그칠 줄을 모르고 추적추적 내리며 여행객의 발길을 붙잡는다.

왔던 길을 다시 돌아 창선대교를 지나 삼천포로 향한다. 삼천포대교와는 인연이 깊다. 삼천포대교 임시 개통 방송을 나온 적도 있고, 개통 기념 마라톤 대회에 참가해 창선도까지 바닷바람을 쐬며 달렸던 적도 있다. 섬 초입의 초양 케이블카 정류장이 모습을 드러내고, 초양도에서 비 오는 섬의 모습을 바라보니 미지의 세계로 여행 온 기분이 든다.

사천바다케이블카는 섬과 바다, 그리고 산을 잇는 날개다. 바다와 육지를 자유롭게 오가는 사천바다케이블카는 한려 수도의 아름다움을 온몸으로 만끽할 수 있는 국내 유일의 케이블카라 해도 손색이 없다.

삼천포대교 맞은편 대방 정류장에서 티켓을 구매한 후 출발한다. 비가 내리는 바다 위를 달려 삼천포대교를 발아래 두고 각산 정상에 있는 각산 정류장으로 향한다. 운무로 한 치 앞도 보이지 않지만 꼭 구름 속을 지나는 것 같아 퍽 몽환적이다. 마치 두둥실 떠오르며 하늘로 승천하는 기분.

잠시 각산 정류장에 내려 각산 계곡 쪽으로 눈을 돌린다. 각산 계곡의 자연 휴양림은 한 폭의 그림처럼 가슴에 내려앉고, 푸르름을 한껏 뽐내는 식물들은 봄비를 저축하느라 바쁘다. 비로 정상까지 가지는 못하고 다시 대방 정류장으로 구름을 따라 하산한다.

사천바다케이블카는 타는 순간 탄성이 절로 나온다. 쪽빛 바다와 작은 섬들, 점점이 떠있는 어선들이 빗방울과 어우러져 한 폭의 그림을 연상시킨다. 최고 높이 74m에서 느끼는 아찔한 스릴은 두말할 필요도 없다. 케이블카에서 내려다보는 창선대교와 삼천포대교의 풍경은 탄성을 자아내게 한다. 과연 '한국의 아름다운 길 100선' 대상에 선정된 풍경답다. 조금만 더 가면 풍차가 아름다운 청널공원과 사천바다의 명물 죽방렴을 가까이서 볼 수 있다. 초양 정류장에서 바라보는 초양도 역시 아름답다. 돛단배 형상의 일몰 전망대와 연인들의 데이트 코스로 제격인 해변 둘레길이 감성을 자극한다.

초양 정류장을 돌아 각산 정류장까지는 바다와 육지를 동시에 감상할 수 있는 구간이다. 각산 정류장에서 잠시 내려 전망대에서 바라보는 경치는 그야말로 압권이다. 이곳에는 산책로와 포토존,

그리고 쉼터가 조성되어 있어 지친 심신을 달래기에는 안성맞춤이다. 각산봉화대와 봉수군 막사도 있어 역사의 현장을 눈으로 확인할 수도 있다.

사천바다케이블카는 야간운행도 하고 있기 때문에 밤에 오면 새로운 매력을 느낄 수 있다. 형형색색 아름다운 조명이 전국 9대 일몰 '실안낙조', 그리고 야간 관광 100선에 선정된 창선대교, 삼천포대교와 함께 어우러져 사천 밤바다 여행의 새로운 역사를 쓰고 있다.

승강장에서 내려 지나온 초양도, 늑도, 각산의 풍경에 다시 한번 감사의 마음을 표한다. 우리는 날마다 길을 걷는다. 어떤 사람과는 같은 길을 갈 것이고, 어떤 사람과는 다른 길을 갈 것이다. 그곳에는 반드시 크고 작은 길이 있다. 우리가 가야 할 인생길, 배가 가는 뱃길, 새들이 나는 하늘길, 물질 만능의 경쟁과 아스팔트 위를 질주하는 길이 아닌…… 저 식물이 땅속에 뿌리박고 한마디 한마디 깊숙이 파고드는 길. 지금 내 눈앞에 봄비를 맞으며 서있는 작은 꽃들과 나무와 운무 파도 소리가 나를 생명의 노래로 가득한 그 길로 이끌고 있다.

20
거제 해금강
포근한 동백의 겨울

2월, 새벽 공기를 가르며 거제를 향해 달린다. 남으로, 또 남으로. 거가대교를 타고 바닷속으로 깡통은 사라진다. 다시 저도를 통과하여 노자산 아래의 거제 자연 휴양림에 잠시 들른다. 복수초, 얼레지, 보춘화, 변산바람꽃, 봄의 전령사들의 얼굴이나 볼 수 있을까 해서. 이른 시간이라 그런지 꽃들도 한창 꿈을 꾸는 중이다. 부지런한 몇몇 녀석들만 고개를 내밀며 봄기운이 오는지 기웃대고 있다. 행여나 꽃들의 잠을 깨울까, 다음을 기약하며 서둘러 거제 시내로 달린다.

포근한 날씨 탓에 바람의 언덕 입구 도장포마을에는 바닷바람만 간간이 스며든다. 유람선 선착장으로 가는 길, 동백은 이미 꿀상을 차리고 동박새를 불러 잔치를 벌이고 있다. 초대받지 못한 직박구리는 시끄럽게 잔칫상 위를 이리저리 휘젓고 다닌다. 직박구리의 훼방에 놀란 동박새는 숨바꼭질을 하며 열심히 꿀을 모은다.

바람의 언덕은 갈곶리 도장포마을 북쪽에 자리 잡은 언덕이다.

본래 지명은 '띠밭늘'이지만 전망이 좋아 '바람의 언덕'이라 불리기 시작하면서 유명세를 탔다. 그 이후로 영화, 드라마 촬영의 배경이 되며 전국적으로 이름을 떨치는 관광지로 자리매김하였다.

2월인데도 겨울바람은 포근하다. 바다도 바람의 마음을 아는지 잔잔하기만 하다. 얼마 전에 다녀온 경북의 차디찬 바람과는 또다른 맛이 있다. 같은 바람인데도 더욱 따스하고 포근하다. 흐르는 세월 따라 바람의 언덕에 오르니 주변의 풍경이 훤히 보인다. 나를 성숙하게 만드는 바람과 바다와 해송과 동백……. 아직 겨울의 끝자락일 텐데, 모든 풍경이 어찌 이리도 포근한지.

다시 전망대를 향해 발길을 옮긴다. 향하는 길에도 자연은 여전하다. 특히 눈에 띄는 건 난대림에서 자주 볼 수 있는 머귀나무다. 제주에서 이사를 온 지 얼마 되지 않았는지 어린 나무 혼자 집을 지키고 있다. 그 바로 이웃에는 개산초나무가 위협하듯 긴 침을 들고 서 있고, 소나무는 사이좋게 마삭을 등에 업은 채로 긴 세월을 지켜오고 있다. 새비나무도 이웃하자며 멀리서 섬을 지키고, 합다리나무와 붉나무도 이제 봄 준비로 겨울눈을 꽁꽁 숨기고 세상 밖으로 나갈 눈치를 보고 있다. 멀꿀나무는 과일 장수에게 달달한 열매를 팔아 겨울 채비를 한 건지 잎만 나부낀다.

굿개봉 정자에서 잠시 숨을 고른다. 우제봉, 해금강 십자동굴을 바라보며 다시 한번 겨울 끝, 남쪽 봄의 향기를 코끝으로 느껴본다. 거제의 겨울 평균 기온을 생각하면 이곳 자연은 추운 겨울을 잊은 지 오래인지도 모른다. 멀리서 들려오는 정겨운 파도 소리는 귓불을 때리며 머릿속으로 스며든다. 이것이 여행의 묘미요, 삶의 원천이며, 다시 일어날 수 있는 힘이다. 다시 한번 되뇐다. 여행은 소파 위에 있지 않다. 가슴 떨릴 때 떠나자.

이상 기온으로 인간도 정신이 없지만 식물들도 정신을 못 차리기는 마찬가지다. 붉나무 중에서는 철도 모르고 벌써 꽃봉오리를 만드는 녀석도 있다. 본래 여름에 꽃을 피우는 녀석인데 어지간히도 급했나 보다. 때죽나무도 제철을 모르고 꽃을 피우려 든다. 몇 개의 잎만 겨우 달고 어떻게 꽃을 빚은 건지 신기할 따름이다. 얼마나 힘들고 고통스러웠을까? 모아둔 힘을 모두 털어가며 이 꽃을 피워내기 위해 사투를 벌인 모양이다. 일상으로 돌아갔을 때, 나는 지구를 얼마나 아끼고 있는지 반성하는 계기로 삼아야겠다.

자세히 보아야 예쁜, 엎드려 절하게 만드는 꽃들도 여기저기 봄을 알리며 여기저기 앞다투어 피고 있다. 이렇게 바람의 언덕 길도 끝이 난다. 하지만 여기서 걸음을 멈출 수는 없다. 곧바로 우제봉으로 향한다.

우제봉으로 가는 길은 고즈넉한 숲으로 이어진다. 동백, 소나무, 참식나무, 생달나무, 육박나무…… 온갖 나무가 멋지게 어우러진 난대림을 걷는 기분을 무엇으로 표현하랴. 상록, 늘 푸르른 나무들은 바다를 거울 삼아 모습을 비추며 뽐내고 육박나무는 얼룩무늬를 자랑하며 해병대 군가를 힘차게 부르고 있다. 난대림 공부를 위해 내도를 여러 번 방문했는데도 아직 구분이 어렵다. 그렇게 걷다 보면 해금강 바로 맞은편 서자암을 지나 어느덧 우제봉이다.

우제봉 전망대에 도착하니 봉긋봉긋 솟아오른 섬들이 서로 키다 툼을 하고 있다. 파도는 바위에 얻어맞아 멍이라도 들었는지 더욱 푸르르다. 우제봉 정상은 군사보호구역이라 자물쇠로 굳게 잠겨 있다. 아쉽지만 여기서 발길을 돌린다. 감탕나무, 참나무, 돈나무, 새덕이. 바람결에 손을 흔드는 나무들에게 손을 마주 흔들며 작별 인사를 나누고 마지막 동백숲으로 들어선다.

같은 장소, 같은 계절이라도 자연의 모습은 항상 다르다. 누가 보느냐, 누구와 보느냐에 따라서도 다르고 날씨나 시간 같은 사소한 변화에도 풍경은 휙휙 바뀐다. 혼자 왔을 때의 동백숲은 어쩐지 쓸쓸한 느낌이었다. 가끔 동박새가 노래를 부르면 귀를 기울일 수 있는 그런 곳.

동박새는 동백이 꽃을 피우기까지 견뎌낸 고통의 시간을 알까? 가혹한 겨울의 추위와 눈, 몰아치는 비바람, 인간의 발길질, 한여름의 무더위……. 아마 동박새는 모를 것이다. 그리고 동박새는 꽃이 떨어지면 더 이상 동백을 기억하지 않을 것이다. 내년에 새로운 동백꽃이 피면 동박새는 새로운 꽃에게로 날아갈 것이다.

하지만 우리는 기억해야 한다. 동박새처럼 내가 필요할 때만 찾아오고, 필요하지 않을 때에는 모르는 척 잊어서는 안 된다. 언제 어디서든 희생 정신을 발휘하고 있는 사람이 있다는 걸 기억하며 살아가야 한다.

21
거제 지심도
힐링의 섬

우리나라에서 두 번째로 큰 섬, 거제 지심도로 힐링 여행을 떠난다. 이야기가 있는 비밀의 화원, 지심도. 지심도는 수목의 70%가 동백나무인 동백꽃의 낙원이다. 섬으로 들어가는 방법은 단 두 가지뿐이다. 배를 타고 가거나, 헤엄쳐서 가거나. 당연하지만 후자는 별로 추천하지 않는다. 거제에서 배를 타고 15분 정도 달리면 지심도를 만날 수 있다. 하늘에서 바라본 모양이 마음 심心 자를 닮았다 하여 지심도라는 이름이 붙었다. 섬을 한 바퀴 도는 데는 2시간 정도 걸린다.

지심도는 아름다운 섬이지만, 그 이면에는 아픈 역사가 새겨져 있다. 일제 강점기, 일본군이 지심도 주민을 강제로 이주시킨 뒤, 군사요충지로 사용했던 적이 있다. 실제로 섬을 돌면 군수 물자를 보관했던 창고 시설, 욱일기 게양대, 포진지 등 수많은 흔적을 발견할 수 있다. 해방 이후로도 지심도는 줄곧 국방부의 소유였다. 그러다 지난 2017년, 거제시가 드디어 지심도의 소유권을 이전받았다. 거제시는 앞으로 지심도의 생태를 보전하고 자연 친화적인 섬으로 발전시키겠다고 밝혔다. 숲해설가로서 기대가 굉장히 크다.

그럼 지심도로 떠나보자. 선장님이 구수한 입담으로 볶아주는 해설을 듣다 보면 어느새 지심도가 코앞이다. 지심도에는 배가 정박할 제대로 된 선착장이 없다. 그렇기 때문에 날씨가 좋지 않거나 바람이 세게 불면 배를 댈 수 없다. 만일 지심도에 갈 예정이라면 미리 확인해 두는 게 좋다. 평소 같으면 평일에도 관광객으로 북적거릴 텐데, 시국이 시국인지라 사람이 많지 않다. 동백과 함께 떨어지는 봄을 홀로 아쉬워해 본다.

다행히 배는 무사히 지심도에 도착한다. 섬에 발을 내딛는 순간, 코로나로 잠들어 있던 봄기운이 꿈틀거리며 깨어난다. 제일 먼저 나를 반기는 건 어여쁜 인어 아가씨다. 섬 초입에 선 인어상이 공손히 인사를 하며 방문객들을 반겨준다.

이제 본격적으로 지심도를 돌아보자. 첫 출발은 비탈길이다. 경사가 심하지 않아서 힘들이지 않고 가뿐하게 오를 수 있다. 비탈 위에서 아래를 내려다보면 탁 트인 바다가 보인다. 그 위로 갈매기와 바람개비가 바닷바람에 손짓하며 반기고, 동백나무들이 하늘하늘 춤을 춘다. 하늘을 올려다보니 하늘은 숨바꼭질이라도 하듯 시야에서 사라지고 만다. 이따금씩 흰 솜사탕이 떠다니고, 어디론가 떠나는 새는 콧노래를 부르며 길동무를 해준다. 컴컴한 동백숲을 거닐다 보면 여러 동백꽃을 만날 수 있다. 머리를 땅에 조아리는 녀석도 보이고 나보다 몇 뼘 위에서 내려다보는 녀석도 있다. 동박새는 어디로 떠난 건지 노랫소리도 들리지 않고, 부서지는 파도 소리가 동박새를 대신하고 있다.

이곳의 동백은 다 같아 보이지만 조금씩 다르다. 부지런한 녀석은 12월에 단장을 이미 마쳤고, 늦잠 자느라 준비가 늦은 녀석은 4월까지 피어 있다. 올해는 유난히 따뜻했던지라 예년보다 꽃 피는 시기가 조금 빠른 것 같기도 하다. 동백은 피어 있을 때도 아름답지만 후두둑 떨어져 길가를 빨갛게 물들였을 때도 아름답다. 길가에 떨어진 동백은 우아한 자태로 포즈를 취한다. 동백은 꽃과 꽃잎이 통째로 떨어지는데, 그 모습이 퍽 당당하다. 이제 몇 남지 않은 동백꽃이 전부 떨어지면 동백나무는 내년을 기약하며 여름과 겨울을 보낼 것이다.

오른쪽으로 돌아 조그만 구멍가게를 지나면 마끝이라는 이정표가 나온다. 지심도의 남쪽 끝이라는 뜻이다. 이정표를 따라 발걸음을 재촉한다. 동백숲 사이로 난 오솔길은 정겹고 한적하다. 조그만 고개를 올라갔다가, 내려갔다가, 오른쪽으로 갔다가, 왼쪽으로 갔다가……. 그렇게 살랑살랑 봄바람에 발걸음을 맞춰, 촌 노인이 장에 가듯 뒷짐을 진 채로 걷다 보면 키가 큰 후박나무가 어딜 가느냐 묻는다. 꽃이 지나간 자리에는 온갖 야생화가 잔치를 벌이고 있다.

그렇게 지심도의 남쪽 끝, 마끝에 도착한다. 절벽 위로 곰솔과 고사목이 에메랄드빛 바다를 배경으로 의젓하게 서있다. 파도가 만들어 낸 하얀 포말 위로 새하얀 구름이 지나가는 것이, 꼭 거대한 거울을 보는 것만 같다. 바위와의 장렬한 전투 끝에 하얀 피를 흘리며 부서지는 파도를 보고 있자니 그간의 피로도 같이 부서지는 듯하다. 머리 위로는 갈매기가 봄바람을 따라 하늘하늘 날아다닌다. 청아한 풍경에 눈과 귀가 절로 맑아진다. 입을 한껏 벌리면 시원한 공기가 한 움큼, 폐까지 쑤욱 밀려온다. 이 봄기운이 코로나도 어서 몰고 갔으면 좋으련만.

마끝에서의 청량한 시간을 뒤로하고 아픔의 역사가 있는 포진지로 향한다. 탄약고를 지나 지심 분교로 다시 발길을 옮기면, 아이들 소리는 들려오지 않지만 어릴 적 초등학교 시절이 새록새록 떠오른다. 이곳은 예쁜 동백으로 단장해 지금은 마을 회관으로 사용하고 있다. 분교에서 나오면 헬기장이 보인다. 섬의 유일한 평지이면서 전망이 좋아 포토존으로 유용하다.

이제 다시 발길을 북쪽 해안선 전망대로 옮긴다. 남쪽 끝이 마끝이라면 북쪽 끝은 새끝이다. 가는 길은 온통 동백으로 가득하다. 그야말로 동백 터널이다. 곰솔 할배가 바다를 바라보며 동백숲을 지키고 있고, 동백 터널에서 하늘을 바라보면 붉고 푸른 풍경이 눈앞에 아찔하다. 파란 바다와 파란 하늘, 그리고 붉은 동백을 바라보고 있으니 붉게 타올랐던 내 마음도 파아랗게 물드는 것만 같다.

새끝으로 가는 길에는 일제 강점기의 아픈 역사를 엿볼 수 있는 욱일기 게양대와 군수 물자 보관 창고 시설이 있다. 다시 선착장으로 나오는 길에는 전등소와 사택이 있으니 관심이 있다면 한번 둘러보는 것도 좋을 듯하다. 지심도를 돌아보는 데에는 2시간 정도가 소요된다. 지심도에서 나가는 배도 2시간에 한 번 있다. 지심도의 매력에 푹 빠져 이곳저곳 둘러보다 배를 놓칠 수도 있으니 주의하시라.

거가대교 개통으로 우리에게 더욱 가까워진 지심도. 가까워진 만큼 우리가 신경 쓰고 지켜야 할 소중한 자연이다. 힐링의 섬 거제도, 그리고 힐링 안의 힐링의 섬 지심도. 지금 한번 떠나보는 건 어떨까.

22
거제 내도
자연이 품은 섬

봄 하늘이 그리는 세상. 복수초, 개나리, 벚꽃, 진달래, 심지어 박태기까지 더해 와르르 꽃 잔치를 벌이니 부지런한 벌은 꿀 모으기에 정신이 없다. 아직 겨울잠에서 깨지 못한 벌과 나비는 무엇을 먹고 살지 슬슬 걱정된다. 푸르른 빛이 감도는 거가대교의 물결은 윤슬에 은빛으로 빛나고, 밀려나는 작은 섬들은 봄기운에 기지개를 켠다. 오늘은 내가 제일 좋아하는 섬, 내도로 떠난다.

내도는 구조라항에서 왕복하는 정기 도선을 타야만 닿을 수 있는 자그마한 섬이다. 구조라항으로 가는 길에는 벚꽃과 개나리가 활짝 피어 상춘객을 맞이하고 있다. 얼굴을 붉게 물들인 몇몇 동백꽃이 잎속에서 수줍게 고개를 내밀고, 이따금씩 보이는 조팝나무는 흰 이빨을 드러내며 환히 웃고 있다. 9시 첫배에 몸을 싣고 내도로 향한다. 예전이라면 이 배도 꽤나 복작였겠지만 코로나 때문인지 승선자라고는 관광객 2명에 마을 주민 2명이 전부다.

10분도 채 되지 않는 짧은 뱃길이지만 펼쳐지는 풍경만큼은 환상적이다. 구조라항의 언덕배기에서는 예전에 없던 하트 둘이 인사를 하고, 봉우리 끝 정자에서는 봄 아지랑이가 손짓을 한다. 로봇 모양의 등대는 배 기운에 밀려나면서도 우리를 동심의 세계로 이끈다. 잠시나마 일상의 피로를 내려놓고 갯바위 낚시를 즐기는 강태공의 모습은 너무나도 행복해 보인다. 물보라가 일며 햇빛에 일렁이는 정경이 가슴 한가득 풍요롭게 채워진다.

어느새 10여 분의 아쉬운 질주가 끝나고 배는 내도 선착장에 닿는다. 선착장 바위에 붙어 하늘거리는 미역은 내방객을 반기고, 건너편 곳곳이 수선화는 벌써 샛노란 물결을 이루며 앞다투어 노랫소리를 높인다. 이 노란 수선화 색깔에 취해 내도의 지붕들도 노랗게 물들었다. 호구라고는 고작 아홉 세대밖에 되지 않는 작은 섬이지만 마을 주민들이 똘똘 뭉쳐 그 어느 섬보다도 큰 꿈을 품고 살아가고 있다. 모노레일도, 각양각색의 문패도, 특색 있는 민박집도, 모두 그 꿈의 일부다.

내도는 당일치기로도 충분히 즐길 수 있는 곳이지만, 편안한 힐링 여행을 원하는 사람들은 1박 묵고 가기도 한다. 그런 사람들을 위해 섬사람들이 펜션을 짓고, 자신의 집을 민박으로 내놓았다. 어떤 여행객은 일출을 보기 위해, 또 어떤 여행객은 일몰을 보기 위해, 또 어떤 여행객은 별을 보기 위해 내도에서 하룻밤을 보낸다고 한다. 그 풍경은 또 얼마나 아름다울까? 나도 슬며시 1박 욕심이 생긴다.

안내소를 지나 화장실을 돌면 조그만 몽돌 해변이 보인다. 어부들은 봄 준비를 하느라 그물 손질에 여념이 없고, 이곳을 지키던 인어상은 시집을 갔는지 보이질 않는다. 대신 어디서 왔는지 모를 커다란 통나무가 인어상을 대신해 자갈밭의 포토존을 지키고 있다. 밭둑의 새하얀 봄맞이와 노란 민들레는 내도의 봄소식을 친구들에게 전하느라 분주하다.

내도 명품길을 걸으러 가기 전에 잠시 마을 구경을 나선다. 노랗게 옷을 갈아입은 지붕들은 빠알간 동백꽃과 어울려 내도를 더욱더 아름다운 색채로 물들인다. 윗마을에서 바라보는 내도항과 서이말 등대, 그리고 곳곳이는 마치 한 폭의 그림 같다. 자연이 선물한 풍경화를 마음 한편에 조심히 걸어두고 본격적인 내도 여행을 시작한다.

이제 내도 명품길로 발을 내딛는다. 이 길을 따라 걸으면 섬을 한 바퀴 돌아볼 수 있다. 아치 같은 문에 들어서면 숲의 그림자로 길이 어두워지고, 나이가 몇 살인지 가늠도 되지 않는 동백나무가 섬의 역사를 속삭인다.

출발점에서 가장 가까운 곳은 세심 전망대다. 시작은 가파르다. 하지만 나무가 손을 잡아주고 파도가 등을 밀어주니 아무리 가팔라도 전혀 힘들지 않다. 단숨에 동백나무를 뒤로하고 능선에 서면 길은 자연스럽게 계속 이어진다. 걸으면서 귀를 부지런히 쫑긋거리면 동박새 울음소리를 비롯한 온갖 새소리가 들려온다. 잠시 외도가 보이는 바위에 걸터앉아 지나가는 바람을 보고 있노라니 고기잡이배 한 척이 요란한 엔진 소리를 내며 다가온다. 배는 절벽 아래에서 해녀 여섯을 던진 채로 사라지고, 해녀들도 곧 바닷속으로 사라진다. 그 자리에는 이제 테왁만 물위에 둥둥 떠서 하늘거린다.

다시 길을 나서니 울창한 대나무 숲이 나온다. 이 좋은 곳에 자리 잡은 산소는 내도를 지키다 잠든 어부의 산소일 것이다. 커다란 보리수나무와 특이하게 생긴 두갈래바위는 나의 눈을 사로잡기에 충분하다. 천선과나무 군락지를 지나면 나무에서의 생명을 다하고 땅위에서 다시 핀 동백꽃과, 이름 모를 바위들, 그리고 사람들이 소망을 담아 쌓아올린 돌탑이 보인다. 흐르는 세월을 견디지 못하고 삶을 다한 고목과 물 한 방울 없는 바위에 붙어 질긴 생명을 이어가는 콩자개식물도 있다.

그렇게 숲속을 걷다 보면 어느새 길은 세심전망대로 이어진다. 저 멀리 서이말이 뿌연 안개에 가려져 보일 듯 말 듯 희미하다. 몸은 안개 속에 있지만 마음은 깨끗하게 씻기는 것 같다. 마음을 씻는다는 전망대 이름에 걸맞는 풍경이다. 이 길은 지금은 사람이 없는 마을을 가로지르는 길이다. 방목한 염소들이 온 천지에 까만 콩을 흘리며 영역 표시를 하고 다니고, 사람 키만큼 큰 동백이 머리에 닿을 듯 말 듯하다. 그래서인지 이 길은 유독 걷는 재미가 남다르다.

같은 듯 다른 동백 터널이 끝없이 이어진 길은 여행객의 발길을 더디게 만든다. 너덜 지대에, 바위 위에, 다른 나무를 안은 채로……. 이곳 내도에는 곳곳에 동백 천지다. 동박새는 부지런히 동백꽃의 주례를 서고, 결혼식을 마친 동백꽃은 땅에서 다시 피어나 나그네의 발길을 붙잡는다.

동백 터널을 빠져나오면 탁 트인 바다가 한눈에 들어온다. 하지만 여기서 끝이 아니다. 동백 터널이 끝나면 후박나무, 참식나무, 생달나무 등이 늘어선 난대림 터널이 다시 이어진다. 또다시 파란 하늘과 바다가 펼쳐지는 길이 반복된다. 이런 숲속 터널 길을 걷다 문득 본섬 쪽으로 눈을 돌리면 배가 하얀 물살을 가르며 그림을 그려내고 있다. 진풍경에 나도 모르게 넋을 잃고 시선을 빼앗기고 만다.

그렇게 걷다가 자연이 준 선물을 우연히 만났다. 울창한 동백나무가 떨군 빨간 동백이 해송 나뭇가지에 내려앉은 게 아닌가. 잎과 가지는 해송인데 꽃은 동백이니, 그럼 이 나무는 해송인가, 동백인가? 그 옆에 때죽나무는 해송 잎을 걸쳐 꼭 소나무처럼 보인다. 우습고도 신기한 광경이다.

삶이 다한 나무들이 서로 뒤엉킨 모습은 마치 자연의 캔버스에 그려진 한 폭의 그림 같다. 참식나무는 다른 나무에 얹혀 용처럼 꿈틀거리면서 이웃 나무의 어깨를 빌려 겨우 버티고 있다. 비탈길을 내려가니 육박나무와 머귀나무가 잠시 발길을 멈추게 한다. 해병대나무라 불리는 육박나무 앞에 서서 거수경례로 내도 방문을 보고한다.

왕모시풀 군락지를 지나면 연인길 아치로 들어선다. 함께하고 싶은 손을 꼭 잡고 이야기를 나누며 걸을 수 있는 곳이다. 연인길을 걸으며 불어오는 봄바람을 맞다 보면 마음이 절로 편안해진다. 혼자 걸어도 이렇게 좋은데 사랑하는 사람과 걸으면 얼마나 좋을까? 완만한 오르막길을 오르면 참식나무가 이름표를 삐딱하게 찬 채로 서 있다. 이름표 매무새를 좀 고쳐주고 나서 다시 길을 떠난다.

걷다가 이 길과 너무 잘 어울리는 나무를 만났다. 두 해송이 마주 보고 대화를 나누며 다정하게 서 있고, 한 나무는 예쁜 꽃 장식을 달고 있다. 아무래도 둘이 연인인 것 같다. 한동안 나무를 안고 상념에 잠겨 본다. 자연을 느껴 본다. 사랑을 느껴 본다. 그렇게 한참을 있다가 다시 전망대로 길을 나선다. 이번에는 세 나무가 어울려 살아가고 있다. 푸조나무, 노박덩굴, 동백나무 세 그루다. 오랫동안 뿌리가 엉키면서 마치 한 그루가 된 것처럼 동고동락하며 자라고 있다. 서로 너무나도 다른 나무들인데 어떻게 이렇게 어울릴 수 있었을까? 자연은 다름을 포용하고 아래를 보듬는 따뜻한 마음을 가지고 있나 보다.

나무 계단을 내려서니 내도에서 전망이 가장 좋다는 신선전망대가 바다를 배경으로 펼쳐진다. 그 위에 서는 순간 나는 신선이 된다. 넘실대는 바다와 손에 잡힐 듯한 외도가 한눈에 꽉 차보일 정도로 아름다운 곳. 어디서 왔는지 모를 바람을 맞으니 심장은 쿵쾅거리지만 마음은 평온해진다. 붉은 동백과 이제 막 싹을 올리는 때죽, 이미 파릇하게 피어 있는 소나무 새싹은 하늘빛과 바닷빛을 동시에 받으며 제각기의 아름다움을 뽐내고 있다.

짧은 신선놀음을 끝내고 길을 돌아 탱자나무 울타리와 커다란 열매를 단 천선과나무까지 지나 구조라항이 보이는 전망 좋은 곳에서 발걸음을 잠시 멈춘다. 저 멀리 통통배가 물살을 가르며 지나고, 잠시 산소 잔디밭에 앉아 추억을 들이켜며 상념에 잠긴다. 이 길에 몇 번이고 설 때마다 남겨둔 추억을 줍고, 또 다른 추억을 이곳에 쌓는다. 달은 기억하겠지, 이 아름다운 여행의 추억을. 이곳에 잠시 머물며 여러 상념을 내려놓았다가, 배 시간에 맞춰 다시 길을 나선다.

마을로 들어서는 새로운 길이 생겼다. 예전에는 없던 길이다. 옛날에 있던 아랫길을 버리고 새로운 길로 접어들면 곧장 동네 중심 골목길로 이어진다. 이 마을에는 이정금 할머니가 운영하는 민박집이 있다. 길을 지나다 보니 마침 할머니께서 마당에 나와 계셔서 참외 두 개를 드리고 이야기를 좀 나누었다. 할머니는 열여덟 젊은 나이에 이곳에 시집와서 지금 아흔이 될 때까지 내도를 떠나본 적이 없으시단다. 이제 머리카락은 백설보다 더 희고, 귀는 잘 들리지 않아 말을 하면 몇 번이나 되묻는다.

"어디서 왔능교?"

"부산에서예!"

모든 부모님이 그러하듯, 할머니도 자식들을 모두 훌륭하게 키우고 이제 편안히 여생을 보내고 있다고 하면서도 일을 손에서 떼지 못한다. 모든 부모님이 그러하듯, 할머니도 집 앞에서 거제도를 바라보며 자식을 향한 그리움을 달랜다고 한다. 할머니의 주름진 이마와 오므라든 손에서 그동안의 고생과 세월과 한이 느껴진다. 가슴이 먹먹해지며 마음이 짠해진다.

이곳 마을은 집집마다 아주 특별한 사연을 담은 문패를 걸고 있다. 문패를 들여다보면 그 집이 품은 사연을 알 수 있다. 서울에서 휴양 왔다가 내도에 반해 주민으로 눌러앉은 팔손이나무집, 은행나무 두 그루가 서있다고 은행나무집, 팔십 평생을 부부간의 사랑으로 지켜온 효부집, 삶의 애환을 섬에다 묻고 새 삶을 꾸려 가는 무궁화 민박집……. 이곳에는 집만큼의 문패가 있고, 문패만큼의 사연이 있다.

난 보기 위해 눈을 감는다. 내도는 눈을 감아도 보이고 눈을 떠도 보인다. 아니, 한 바퀴를 돌고 눈을 감으면 더 또렷하게 섬이 보인다. 요즘 세상은 너무나 바쁘게 돌아가고 있다. 뒤돌아볼 틈도 없다. 주마간산이 따로 없다. 그렇지만 내도는 우리의 눈길을 머물게 하는 곳이다.

부산광역시

23

부산 중·동구 골목 투어
역사와 추억, 애환이 서린 골목

        여행이란 그런 것이다. 내가 우리
집 대문을 나서는 순간부터가 여행이다. 그런 말도 있지 않은가.
"여행은 다리 떨릴 때 떠나는 것이 아니라 가슴 떨릴 때 떠나는 것
이다."

    부산은 다양한 모습으로 역사 속에 남아 있다. 삼국시대 때는 찬
란한 문화를 꽃피웠던 가야 문화의 중심지로, 조선 초기에는 해상
무역의 교역지로, 임진왜란 때는 항쟁의 결전지로, 6·25 전쟁 때
에는 피난민들의 애환 서린 제2의 고향으로……. 오늘은 역사와
추억, 그리고 애환이 서린 골목 투어를 해볼까 한다.

    출발은 우선 부산역이다. 부산역은 1910년 10월에 준공되었으
나 1953년, 대형 화재로 인해 역사가 소실되고 말았다. 지금 부산
역을 지키고 있는 건 그 이후 세운 새 역사다. 비록 옛 정취는 사라
졌지만 예나 지금이나 부산의 철도 관문 역할을 충실히 수행하고
있다.

부산 정거장은 1905년 1월 1일, 처음 영업을 시작하였다. 그 먼 옛날부터 지금 KTX가 다니기까지, 수많은 기차들이 부산 정거장을 거쳐갔다가 역사 속으로 사라졌다. 6·25 전쟁 때, 수많은 피난민이 열차에 몸을 싣고 남으로 내려와 정착할 수 있었던 것도 부산 정거장의 덕이 크다. 트로트 〈이별의 부산 정거장〉도 이즈음의 애환을 담아 만들어진 곡일 것이다. 2층 대합실은 떠나는 사람, 찾아오는 사람, 반기러 온 사람으로 시끌시끌하다.

건널목을 건너 골목 왼쪽으로 꺾으면 초량 차이나타운이 나온다. 본래 이름은 상해 거리다. 이곳은 구한말, 중국 영사관이 있던 자리다. 당시 영사관은 지금의 영주동과 초량동에 걸쳐 있었으며 중국인 집단 거주지인 청관이 있기도 했다. 본래 이곳은 공동묘지 자리였으나 중국인들이 점포를 겸한 주택을 세우기 시작하면서 청관 거리가 되었다. 그런 역사를 가진 차이나타운이지만 역시 어려운 경기 여건을 피해 가지는 못했나 보다. 드문드문 빈 점포가 보이고 이곳을 찾는 여행객도 많지 않다. 원향재에서 자장면 곱배기로 허기를 채우고 다시 길을 나선다.

차이나타운 골목 끝에서 영주사거리 지하 차도를 건너면 동광동 뒷길로 접어든다. 양쪽에 드문드문 보이는 옛 골목은 예전 모습을 그대로 간직하고 있다. 사람 하나 비켜날 자리도 없는 좁다란 계단과 다닥다닥 붙은 건물들을 보고 있노라면 70년대의 풍경을 보는 것 같다는 착각마저 든다. 낡은 담을 타고 넘는 온갖 잡초는 세월의 흔적을 말해준다. 그리고 그 흔적 끝에는 찢어지게 가난했던 시절, 소나무 껍질로 연명하고 느릅나무 뿌리로 소화시키던 때의 기억이 남아 있다. 언제부터 이곳에 뿌리를 박고 살았는지 모를 느릅나무 한 그루가 초라한 담벼락에 의지한 채로 세월을 굳건히 지키고 있다.

어느덧 발걸음은 부산의 인쇄 기술과 연말 달력의 메카로 불리는 동광동 인쇄 골목으로 스며든다. 인쇄 골목 입구에 늘어선 조그만 카페들이 앙증맞게 손님을 반기고 있다. 그 모습을 보니 갑자기 커피 한 잔이 생각나, 근처에서 인쇄소를 하는 산악회 형님에게 전화를 했더니 붓글씨 공부 갔단다. 타이밍도 참 나쁘다.

인쇄 골목을 빠져나오면 길 건너편에 120m 높이를 자랑하는 용두산 공원 타워가 한눈에 들어온다. 용두산 공원은 우리의 아픈 역사를 간직한 곳이다. 일제 강점기에는 용두산 공원에 신사가 두 군데나 있었지만 1945년, 해방되면서 민영석이라는 청년의 방화로 불타 없어졌다. 6·25 전쟁 때는 부산에 몰린 피난민이 그대로 정착하면서 판자촌을 이루었으나 이 역시 1954년, 대형 화재로 전소되었다.

그 이후로도 여러 고난을 겪으며 용두산 공원은 지금의 모습이 되었다. 공원에는 꽃 시계탑, 이순신 장군 동상, 용상 등 다양한 상징물이 들어서 있다. 특히 타워는 불국사의 다보탑을 본따서 지어졌다고 한다. 부산에서는 새해맞이 시민 타종식을 매년 용두산 공원에서 진행한다. 그만큼 부산 시민에게 용두산 공원은 큰 의미를 갖는 장소다.

이제 옛 미화당 자리를 돌아 국제시장으로 향한다. 1945년, 일본인들이 물러가고 전쟁 물자를 팔기 시작하며 돈을 챙기던 곳이었다. 그러다 부평동 일대의 공터가 상설 시장으로 변한 것이 국제시장의 시발점이다. 도떼기시장이라는 말이 생긴 것도 이때쯤이다. 없는 것 빼고 다 있고, 안 파는 거 빼고 다 파는 국제시장. 몇 해 전, 영화 〈국제시장〉이 큰 인기를 끌며 실제 영화 배경이 된 국제시장 역시 큰 인기를 끌었었다. 하지만 지금은 이곳 역시 불황의 늪에서 헤매고 있는 듯하다.

국제시장에서 팥빙수 한 그릇을 먹는다. 23년 경력을 자랑하는 할머니표 팥빙수다. 팥빙수를 사니 단팥죽은 서비스로 주신다. 집에서 직접 삶은 팥으로 만든다며 자랑하는 걸 보니 자부심이 대단하신가 보다. 찬바람이 부는 겨울이지만 팥빙수는 맛있었다. 과연 집에서 직접 삶은 팥이라 그런 건가, 아니면 이한치한이라 그런 건가.

팥빙수와 단팥죽으로 든든하게 배를 채운 후에는 건너편 부평시장으로 발걸음을 옮긴다. 이곳은 부평시장이라는 이름보다 깡통시장이라는 이름으로 더 유명하다. 시장의 이름이 깡통이라니, 그저 웃긴 이름일지도 모르겠지만 사실 여기에도 아픈 역사가 숨겨져 있다. 6·25 전쟁을 거치며 미군 부대에서 흘러나온 통조림 등 깡통 제품을 주로 팔면서 '깡통시장'이라는 이름이 붙게 된 것이다. 그래서인지 깡통시장에서는 지금도 각종 과자류와 외제 물품을 많이 판다. 그나마 이곳 깡통시장은 국내외에서 찾아온 관광객 덕분에 불황은 겨우 면하고 있는 듯하다. 이곳에도 없는 걸 빼면 다 있으니 나도 괜히 필요한 물건을 하나 사본다.

깡통시장 북쪽을 따라 끝 지점까지 올라오면 대청로 길과 만난다. 이 길을 건너면 보수동 헌책방 골목이다. 이곳도 유명세를 타한때는 조그만 골목이 인산인해를 이룰 정도였지만 지금은 겨울 날씨만큼이나 썰렁하다. 이곳은 내게도 특별한 기억이 있는 곳이다. 1980년대 초부터 약 15년 동안 야학을 이끌면서 학생들의 중등 교과서를 사러 드나들었던 곳이기 때문이다. 오늘도 신영복 선생님의 책 몇 권을 싼 돈으로 훔쳤다.

이곳도 본래 해방과 함께 지금 국제시장 부근의 주택가가 철거되면서 공터로 남아있던 곳이다. 어느 부부가 처음으로 책 노점을 열면서 점포가 모이기 시작한 것이 지금의 헌책방 골목으로 이어진 것이다. 전자책이 발달하면서 향긋한 종이 냄새는 뒷전으로 밀려나고, 헌책방들도 어려움을 겪고 있다. 하지만 헌책에 대한 열정으로 이곳을 꿋꿋하게 지키고 있는 책방 주인들이 고맙다.

겨울 해가 아미산 능선에 걸려 땅거미에게 책방골목을 양보할 즈음, 발길을 돌려 중앙역으로 향한다.

24
부산 흔적길과 비석마을
발자국 소리를 찾아서

봄내음이 하나둘씩 코끝을 스치며 지나가고 아지랑이 소리는 바람에 실려 쑥을 캐는 봄 처녀의 치마 속으로 사라진다. 시골 마당 뒤 외양간 황소는 하품을 하며 농사 준비로 살을 찌우고, 도회지 회색빛 빌딩 숲 사이로 쏟아지는 햇살은 마음 둘 곳이 없어 길을 나서는 나그네에게 길라잡이가 되어준다.

여름의 시작점인 입하는 아직 며칠이나 남았는데도 이팝나무가 벌써 남녘 길가를 하얀 쌀밥으로 채우는 걸 보니 올해 농사도 풍년이 들 모양인가 보다. 덩달아 그 옛날 천대 받던 밀원 식물인 아카시도 이팝나무에 뒤질세라 하얀 칠로 온 산천을 수놓고 있다.

지하철 1호선에 몸을 싣고 옛 시청을 지나 토성역 2번 출구로 나가면 옛 법원 청사가 눈에 들어오고 곧이어 '임시수도기념관' 관광 안내판이 반긴다. 골목으로 들어서면 홀로 길을 지키는 양버즘나무가 아기 손을 내밀며 인사를 하고, 또 50여 미터를 더 가면 기념관 정문이 나온다. 정문 안으로 들어서면 임시 수도 대통령 관저인 사빈당과 전시관, 피란학교 체험관 등이 자리하고 있다. 해설사분의 친절한 안내를 따라 2층 건물을 한 바퀴 돌아보니 아픈 역사의 현장에 있다는 것이 실감이 나기 시작했다.

1950년, 6·25 전쟁 발발로 7월 2일 이승만 대통령이 부산으로 피난을 왔다. 그리고 약 두 달 후인 9월 28일, 이승만 대통령은 서울을 수복하고 다음 해인 1951년 1월 3일, 부산을 임시 수도로 지정했다. 이후 1,023일 동안 부산은 대한민국의 임시 수도로서의 역할을 도맡았다. 그 업무를 수행한 곳이 바로 아미동의 임시수도정부청사이다. 이곳은 임시 청사나 비석마을 등 역사적 애환이 곳곳에 서려 있는 동네이다.

임시수도정부청사의 기원은 일제강점기인 1920년대로 거슬러 올라간다. 그 당시 일본은 부산이 유일한 항만 관문이라는 점, 교통의 중심지라는 점, 교육, 산업, 문화 등 다양한 분야에서 발달하였다는 점을 내세워 경남도청을 진주에서 부산으로 이전하려 하였다. 식민지 통치의 효율을 높이면서, 개항 이후부터 공을 들여 건설한 부산을 대륙 침략의 전초기지로 삼기 위한 속셈이었다. 결국 일본은 1924년 12월 8일, 총독부령 제76호로 경남도청을 부산으로 이전한다고 발표하였다. 이러한 이유로 1923년에 이 건물을 짓기 시작하여 1925년 4월에 완공하였다. 이때 진주 시민들의 도청 이전 반발을 의식하여 병원 건물을 짓는다고 대외적으로 발표한 것으로 알려져 있다. 건물이 완공되면서 그해 4월 1일, 진주에 있던 경남도청을 이곳으로 옮겨와 4월 25일부터 도청 업무를 시작하였다.

줄곧 경남도청으로 사용되었던 이 건물은 1950년, 6·25 전쟁 발발로 부산이 임시 수도로 지정된 후부터 1953년, 서울로 환도할 때까지 약 1,023일 동안 두 차례에 걸쳐 정부청사로 사용되었다. 1차는 1950년 8월 18일부터 그해 10월 27일까지, 2차는 1951년 1·4후퇴 때부터 1953년 8월 15일까지 사용되었다. 전쟁이 끝난 후에는 다시 경남도청으로 사용되어 제자리를 찾았으며, 1983년 7월 경남도청 소재지를 창원으로 이전하면서 도청으로서의 역사도 막을 내렸다.

최초 지을 당시의 건물은 일자一字형이었으나 그 후 증축과 개축을 하면서 미음자ㅁ字, 날 일자日字형으로 바뀌었다. 1984년 11월부터 2001년 9월까지는 부산지방검찰청의 청사로 사용되다가, 2002년 동아대학교가 매입하여 2009년부터는 동아대학교 박물관으로 활용되고 있다.

이렇듯 아미동 임시수도정부청사는 일제강점기에는 우리 민족을 향한 수탈의 중심기구로, 6·25 전쟁 당시에는 임시 수도의 정부 청사로의 역할을 수행하는 등 근현대사의 아픈 역사를 고스란히 간직하고 있는 건물로 역사적, 건축사적 가치가 매우 크다고 볼 수 있다.

임시수도정부청사 내부를 빠져나오면 건물을 둘러싼 여러 나무들이 옛 역사의 이야기를 해주는 듯하다. 주차장 입구에는 느티나무가 자리하고 본관에는 몽당나무가 되어버린 개잎갈나무가 관광객을 반기고 있다. 그리고 그 옆으로 몇십 년을 버텼을 벚나무와 가이즈카 향나무가 보이고 사철, 호랑가시나무, 편백, 모과나무, 처진개벚 등 다양한 나무가 바람결에 손을 흔든다. 뚱뚱한 허리를 자랑하는 튤립나무가 언덕배기에 자리해 있고 졸가시나무, 무궁화, 눈주목, 섬잣, 목련, 홍단풍, 배롱, 광나무가 그 뒤를 잇는다. 자색 봉우리를 살짝 올리는 모란과 자리를 굳건히 지키는 노거수 태산목. 그리고 금식, 벽오동, 다른 곳에서는 보기 드문 중국굴피나무, 감나무, 호랑가시 측백 또한 눈에 띈다. 다른 곳보다 키가 엄청 큰 이대는 알루미늄 허리띠를 하고 있고, 마당을 수놓은 국화과 데이지 종류와 팬지 등 수많은 나무들이 임시수도정부청사와 함께 도란도란 세월을 보내고 있었다.

임시수도정부청사를 나와 임시수도 피난길을 따라 골목을 빠져나오면 로터리에 연산홍들이 햇살을 받으며 환하게 웃고 있고 까치고갯길을 따라 아미동 비석마을로 햇살이 이어진다. 비탈길을 따라 흰 구름이 가끔씩 손을 흔들며 마중 나오고 엔진 소리를 요란하게 내며 힘겹게 산등성이를 오르는 마을버스는 요리조리 꼬불길을 따라 사라진다. 까치고개를 벗어나 감천고개에 다다르면 저 멀리 감천 문화마을 아치가 보이고 그 아래가 아미동 비석마을이다.

아미동 화장장은 본래 지금의 서구 아미동 천주교아파트에 자리 잡고 있었다. 부산 각처에 흩어져 있던 공동묘지를 일본인 전관거류지의 외곽 지대였던 부산부 곡정, 그러니까 지금의 아미동 아미산으로 옮겼다. 서구 아미동 감천고개에서 산상교회까지 이어지는 감천고갯길 일대는 일제강점기 당시 공동묘지가 있던 곳이다.

아미동 공동묘지는 화장과 납골 문화가 발달한 일본인들의 가족묘와 개인묘가 빼곡히 들어섰다. 화장장의 연기가 아미골을 뒤덮었고, 제물로 차려진 음식물은 까치들을 불러 모았다. 화장장 부근의 '까치고개'라는 이름도 이때 생겼다. 1945년 일본의 패망과 함께 일본인들은 황급히 귀국길에 올랐다. 수백여 기의 일본인 무덤은 그대로 남겨졌다. 5년 뒤, 6·25 전쟁으로 전국 각지에서 피난민들이 몰려들면서 아미동 공동묘지는 피난민들의 삶의 터전으로 탈바꿈했다. 이후 화장장은 당감동으로 옮겨졌다가 이제는 금정구 선두구동에 영락공원 시립 화장장이 현대 시설을 갖춘 채로 운영되고 있다.

중구 보수동 국제시장, 용두산 공원 영도다리 아래 등 다른 피난민 정착지에 비해 이곳 아미동의 무덤 일대는 땅을 골라 천막만 치면 간단히 집을 지을 수 있었다. 가족묘 주위에 정사각형으로 둘러진 경계석과 외곽 벽은 그 자체가 훌륭한 집 벽이 되었다. 이곳 주민들은 당시에는 마땅히 집을 지을 재료가 없어 주변에 널브러진 비석과 상석 수백여 개를 하나씩 가져다 건축자재로 썼다고 말하며 살기 위해서라면 무덤 위도 마다하지 않았던 지난날을 회고했다.

지금도 아미동 감천 고갯길에 가면 골목과 집 주변 곳곳에서 비석이나 상석 같은 옛 일본인 무덤의 흔적들을 볼 수가 있다. 골목

골목 비석의 영혼이 집을 지키는 임무를 다하고 있다. 심지어 무덤 위에 그대로 집을 올려 살던 집 한 채는 그 당시 얼마나 땅이 절실 했는지를 말해준다. 길 건너편의 공손수와 압각수 은행나무는 아 미동 비석마을의 역사를 담은 채 유주를 내밀며 담장 뒤에 숨어 여 행자들의 발자국 소리를 듣고 있다.

아미동을 중심으로 바로 길 위에 감천 문화마을과 임시정부청사 에서 10분 거리에 국제시장, 자갈치시장, 용두산공원, 보수동 책방 골목, 깡통시장, 송도 케이블카, 영도 흰여울마을길, 태종대 등 부 산의 이름난 여행지들이 손짓을 하고 있다.

25

송정 옛길과 삼포나루
낭만과 추억, 여행의 묘미를 곱씹다

송정 옛길은 송정과 해운대를 잇는 약 1.8km의 고갯길이다. 옛날 반농반어 송정 주민들이 이 고개 너머 해운대 들녘에 농사지으러 다니던 길이며 각종 생선과 미역을 이고 지고 동래시장에 팔기 위해 넘나들던 길이라고 한다. 오늘은 선조들의 옛 추억을 더듬어 그날의 당신이 되어 보고자 한다.

송정 옛길은 6·25 전쟁 이후 군수 창고가 들어서면서 폐쇄되었던 약 2km의 길을 단장해 만든 것이다. 전쟁의 상흔을 간직한 폐 군수창고 '기억쉼터'를 비롯해 송정 바다가 한눈에 내려다보이는 '신곡산 전망대' 등 온갖 편의 시설과 관광 장소를 정비하고 걷기 좋은 숲길로 복원해 두었다.

송정 옛길은 해운대 백병원 맞은편, 부산환경공단에서 시작된다. 출발 전 화장실을 들를 거라면 이곳 화장실을 이용하면 된다. 환경공단 내부의 공원도 잘 조성되어 있고 누구나 둘러볼 수 있으니 여유가 된다면 둘러보는 것도 좋다.

초입에 들어서면 수십 년 된 메타세콰이어가 도열한 채로 손님들을 반긴다. 시원한 바람까지 불어오니 마음의 짐이 먼지가 되어 흩어지는 것만 같다.

이 맑고 청량한 날 우리는 무엇이 그리도 바빠 이런 여유로움을 즐길 수가 없단 말인가! 지금이라도 지고 있는 모든 짐을 던지고 이리로 오라. 그리고 이 메타세콰이어 숲을 걸어 보아라, 당신의 인생이 보일 것이다.

길 반대편에는 붉디붉은 여름 백일홍이 흐드러지게 피어 파란 하늘을 연분홍으로 수놓고 있다. 그렇게 예쁘게 물든 하늘을 구경하며 걷다 보면 어느덧 메타세콰이어 길이 끝나고 흙길의 등산로가 시작된다. 조금은 짧아 아쉽기도 하지만 앞으로의 길을 생각하면 걸음이 움직일 수밖에 없다.

잠시 숨을 고르고 등산로를 오르면 탄약고가 있던 자리가 나온다. 이곳에는 원래 총탄, 포탄, 로켓탄 등 다양한 탄약이 보관되어 있었다. 이곳을 포함한 신곡산 일대는 본래 민간인 출입이 통제되고 있었다. 그러나 1991년부터 1997년까지 진행된 해운대 신시가지 조성으로 탄약고가 대전으로 옮겨지고, 2008년에는 송정 일대의 군부대가 민간에 해제되면서 드디어 시민의 품으로 돌아왔다. 아이러니하게도 그 통제 덕분에 지금까지 생태계가 잘 보전되어 있어 빼어난 청정함을 자랑한다. 앞으로 우리가 잘 보전해야 할 자연유산이기도 하다.

탄약고를 지나면 억새와 온갖 식물들이 저마다 자리를 잡고 내방객을 반긴다. 오랫동안 자기들끼리 생활해 왔던 식물인지라, 인간의 발길이 반갑지 않을 수도 있을 것이다. 통제의 상징인 낡은 철책들이 여기저기 널브러져 있는 임도를 따라 오르면 삼거리가 나온다. 이정표를 따라 왼쪽 두타사 방향으로 향하다 보면 곧 정면 머리 위로 신곡산 정상이 보인다. 한걸음에 쉼터에 도착해 물 한 모금으로 숨을 고르고는 전망대를 향한 여정을 이어나간다.

전망대 오르는 길은 너무나도 아름답다. 오래된 소나무와 갈참나무, 붉나무가 나란히 서서 가을을 준비하고, 발아래에는 계단을 따라 푸르른 주름조개풀이 늘어서서 여행객의 안부를 묻는다. 고된 비탈을 쉬엄쉬엄 오르면 어느덧 신곡산 전망대에 다다른다. 이곳에서 아래를 내려다보면 송정모래해변과 죽도공원이 한눈에 보인다.

전망대를 뒤로하고 다시 오던 길을 되돌아 두타사로 발길을 옮기면 양쪽에 노란 금계국이 하늘거린다. 되돌아오는 길에는 정자가 있는데, 이곳 정자에서 산 능선을 따라 곧장 가도 두타사로 하산할 수 있다. 한 10분 정도 내려가면 송정 옛길 끝 지점인 삼거리가 나오고, 두타사와 카페가 나온다. 두타사는 카페 뒤쪽에 있다. 두타사 입구에서는 흰둥이와 시계꽃이 나를 반기고, 적막에 싸인 아담한 암자는 화단의 꽃이 피어내는 미소로 가득 차있다. 잠시 합장을 하고 송정 바다로 내려선다.

송정 옛길은 이제 송정 앞바다로 이어진다. 해저통신빌딩을 지나 송정해수욕장에 들어서니 서퍼들이 파도를 타는 모습이 보인다. 다들 늦여름 햇살을 받으며 서핑을 즐기기에 여념이 없다. 전국 해변 중 1년 365일 가장 바쁜 해변이 송정해수욕장이다. 바로 서핑투어 때문이다. 서핑 초보부터 고수까지 모두 즐길 수 있는 곳이 여기 송정 바다라니, 부산 사람이라면 자부심을 가져도 좋다.

잘 다듬어 놓여진 덱을 따라 청사포 방향으로 이동하면 옛 동해남부선 철길을 따라 가이즈카 향나무 수십 그루가 늘어서 있다. 요즘 화제인 여행 코스라 그런지 코로나로 인한 사회적 거리두기 속에서도 관광객들로 붐빈다.

옛 철길을 따라 걷다 보면 구덕포마을이 나온다. 구덕포는 송정과 청사포의 사이에 있는 만입의 포구이다. 수평선 멀리 오가는 화물선과 바쁘게 손짓하는 조각구름, 그 사이로 부서지는 포말들, 가끔씩 나타났다 사라지는 붉고, 노랗고, 파란, 앙증맞은 그린레일웨이 깡통 기차……. 모든 것이 평화롭고 아름답기만 하다.

수평선이 바라다보이는 조망과 달맞이 고개를 등에 업은 산과, 그리고 북적이는 나들이객의 행렬 속에서 걷고 있노라면 지루할 틈이 없다. 한 굽이를 돌면 저 멀리 청사포 끝지점에 다릿돌 전망대가 보인다. 전망대를 가기 전 바닷가 암석들 사이로 옛날 우물물을 긷던 우물터라는 글자가 보이고 이내 다릿돌 전망대에 이른다. 전망대는 미끄럼 방지를 위해 덧신을 신어야 입장이 가능하다.

청사포 다릿돌 전망대는 해수면으로부터 20m 높이에 길이는 72.5m나 된다. 바다 위를 걷는 아슬아슬함을 느끼기에는 딱이다. 전망대 바로 앞에서부터 해상등대까지 가지런히 늘어선 5개의 암초, 다릿돌을 바라보며 청사포의 수려한 해안 경관과 일출, 낙조의 자연풍광을 감상할 수 있다. 물론 청사포나 송정해수욕장도 한눈에 들어온다.

터벅터벅 청사포로 들어서면 골목을 따라 정겨운 벽화마을에 다다른다. 청사포의 원래 이름은 '푸른뱀'이라는 의미였다. 그러나 마을 이름에 뱀이라는 글자를 넣기엔 그다지 좋지 못하다고 생각했는지 '푸른 모래 포구'라는 의미의 '청사포'로 이름이 바뀌었다.

해운대의 풍경은 점점 바뀌고 있다. 해변을 중심으로 바닷가에 100층 넘는 초고층 빌딩이 들어서며 빌딩 왕국이 되었다. 그야말로 상전벽해다. 포항과 부산을 오가던 동해남부선 옛 철도는 이제 '블루라인'이라는 도시적인 이름을 얻고 다시 태어나 새로운 이들의 새로운 낭만을 싣고 바닷길을 달린다.

기차 여행은 낭만이고 추억이다. 초등학교 시절 처음으로 부산 가는 경전선 비둘기호를 타고 부산 용두산 공원, 영도다리를 보러 수학여행을 온 게 내 첫 기차 여행이었다. 그 후 중학교 때 기차를 타고 글을 적은 쪽지를 차창 밖으로 날려 보낸 적이 있다. 아련한 몇십 년 전 추억이다. 그때 객차 안에는 간식을 가득 실은 카드가 통로를 쉼없이 오갔다. 삶은 달걀이랑 사이다를 사먹으며 차창 밖을 구경하던, 마냥 행복하던 여행의 추억들. 지금은 이름도 기억나지 않는 비둘기호 간이역의 추억. 그때는 잠시 국수 한 그릇을 말아먹을 수 있을 정도로 정차 시간이 후했는데……

여행의 묘미는 길 위에서 새로운 인연을 만나는 것이다. 우연한 만남이 다양한 인연으로 이어지고, 서로 어울리며 나누는 대화 속에서 서로를 공감하고 이해하게 된다. 여행 중에 스치는 여러 생각은 깨달음으로 번지고, 또 번뇌로 접어든다. 오늘도 난 송정 옛길을 걸으며 무수히 많은 인연을 맺었다. 햇볕을 좋아하는 소나무도, 우리에게 아낌없이 나눠주는 참나무도, 새나 짐승에게 소금을 주는 붉나무도, 이름 모를 새들도, 갈매기도, 그리고 벌레들도, 모두 여행의 소중한 인연들이다.

26
가덕도 연대봉과 외항포
봄의 전령사를 만나다

따스한 봄 햇살이 창가에 드리울 즈음, 겨울의 찬바람은 바다 너머로 사라지고 아지랑이 사이로 생명의 꿈틀거림이 시작된다. 흙 밑으로 스며든 봄은 섬마을 가덕도를 따스하게 빚어낸다. 이제는 육지가 되어버린 가덕도는 거가대교와 신항만이 들어서면서 옛 모습은 자취를 감추고 말았다. 자꾸만 도시의 모습으로 변하고, 신공항 선정에 또 몸살을 앓으며 여기저기서 공사의 굉음이 끊이지 않는다.

강서구 가덕도는 부산에서 제일 큰 섬이다. 예전에 가덕도를 찾을 때는 배를 타야만 했는데 이제는 마음만 먹으면 언제든 달려갈 수 있는 곳이 되었다. 지금은 사람도 적고 조용한 곳이지만 언젠가 신공항이 들어선다면 찾는 사람이 늘어 평온한 가덕도 여행도 힘들어질지 모른다.

가덕도 연대봉은 조망이 특히 아름다운 곳이다. 연대봉에 서면 바다에 떠 있는 올망졸망한 섬들, 저 멀리 몰운대와 거가대교, 그 너머 해금강까지 눈에 들어온다. 하늘을 날아야 볼 수 있는 환상적인 조망을 날지 않고도 마음껏 누릴 수 있다. 이게 특권이 아니면 무엇이란 말인가. 마음만 먹으면 남녀노소 누구나 오를 수 있어 가족과 함께하는 여행지로도 제격이다.

차는 2월의 겨울 바람을 가르고 신항이 내려다보이는 가덕대교를 달린다. 천가길을 따라 가덕도에 들어서면 갈맷길 5-2구간을 만난다. 고향 마을 같은 골목길을 따라 선창을 지나 천가동으로 들어서면 천가초등학교가 나온다. 이곳에는 대원군 척화비가 있다. 그리고 바닷길을 따라 달려 동선새바지 선착장에 다다른다. 멀리 을숙도가 떠 있다. 다대포 앞바다는 몇 년째 길다란 모래톱 섬을 빚어내고 있다. 을숙도 수문 때문에 물길이 변한 탓이다.

다시 바닷길을 따라 기도원으로 향한다. 예전에는 꼬불꼬불 산길을 따라 기도원으로 갔었는데 지금은 널따랗게 길이 잘 닦여 있다. 강태공들은 바닷속 고기와 전투를 벌이느라 바쁘고, 수평선 위 조각배들은 시야에 들어왔다가 사라지곤 한다. 기도원 앞에 도착하니 산불감시 초소가 먼저 반긴다. 덱을 따라 기도원으로 들어선다. 이제는 나 하나의 집착이 아닌 가족을 위해 기도를 올린다. 나 자신을 위해 기도하던 영혼들은 파도에 의지해 수평선 너머로 사라진다. 복실이가 자기 밥값을 하느라 객을 반기는 소리가 기도원에 메아리친다.

기도원을 나오면 덱을 따라 거친 비탈이 시작된다. 탁 트인 전망에 힘든 줄도 모르고 능선을 오르다 보면 어느새 봄의 파도가 가슴을 휘젓고 지나간다. 갯내음 한 움큼이 폐 속에 박히고, 호젓한 오솔길을 따라 10여 분을 더 걸으면 전망 좋은 나무 의자가 나온다. 여기서 코 평수를 넓혀 힘껏 바다를 당겨 마시면 바다 내음이 혈관을 타고 흐르는 게 느껴진다. 콧노래를 흥얼거리니 산새들이 화음을 맞춰준다. 동요, 트로트, 이름 모를 노래……. 그렇게 숲속 음악회를 지휘하며 응봉산 자락의 능선을 넘는다.

누릉능에 도착하여 잠시 따스한 물로 목을 축여 본다. 누릉능은 바닷가의 돌이 누렇다고 하여 붙여진 이름이다. 실제로 가덕도에는 형형색색의 돌이 많다. 이 돌들은 어쩌다 이런 색을 갖게 되었을까? 그런 호기심을 뒤로한 채 어음포로 발길을 옮긴다. 등성이를 따라 한참을 가다 보면 엉덩이를 쭉 빼밀며 지나가는 산객에게 엉덩이 재기를 하자는 커다란 느티나무를 만난다. 어느 시인이 자세히 보아야 예쁘다고 했던가? 관심 있게 보면 보이고, 그렇지 않으면 보이지 않는 게 자연이다. 이렇게 큰 나무가 길가에 있는데도 관심을 갖지 않으면 지나치기 십상이다.

어음포 흔들의자에 앉아 따스한 햇살을 마음껏 누려본다. 눈을 감고 귀를 기울이면 온갖 소리가 들려온다. 봄을 재촉하는 산새의 울음소리, 바위를 스치며 흐르는 물소리, 물고기가 지느러미를 퍼덕이는 소리, 뒤편 연대봉에서 바람이 불어오는 소리, 봄바람에 나뭇가지가 흔들리는 소리……. 그런 소리를 귀에 담으니 입가에 절로 웃음꽃이 피고 일상의 스트레스가 저 멀리 날아가는 소리도 들려온다.

어음포는 지나온 동선동과 가야 할 천성동의 경계 지역이다. 옛날에는 물고기 노랫소리가 들릴 정도로 물고기가 많은 포구라 하여 이런 이름이 붙여졌다. 연대봉에서 시작한 물줄기를 따라 자그마한 계곡이 있어 여름에 피서객들이 많이 찾는 곳이기도 하다.

백화등과 송악이 서로 봄바람 오는 남쪽을 먼저 보겠다고 나무의 등을 타고 오르고, 감태는 어머니 손을 놓기 싫어 여태 치맛자락을 부여잡고 겨울을 견뎌낸다. 소나무는 몇십 년 체력 단련으로 키운 팔근육을 자랑하며 창해의 길잡이를 자처한다. 저 멀리 연대봉 위로 우뚝 솟은 바위군은 가덕도를 내려다보는 수호신이다.

동선 방조제에서 약 7km 정도 더 걸으면 대항새바지의 마지막 전망대, 대산불초소가 나온다. 저 멀리 다대포가 보이고 언덕배기 너머 가덕 등대가 있는 해변도 눈에 들어온다. 잠시 숨을 고르고 다시 대항새바지로 향한다.

대항새바지는 샛바람을 받는다고 하여 동선새바지와 구분해서 부른다. 대항은 부산의 최남단에 위치한 마을이며 대항은 가장 큰 항이라는 뜻이다. 3월에서 5월에는 '숭어들이'라는 이름의 전통 어법을 구경할 수 있으니 때를 맞춰 여행오는 것도 좋을 듯하다.

대항새바지에서 연대봉 혜덕사 쪽으로 오르다 보면 좌측 개울가에 흙집이 있다. 이 집도 자연의 일부인 걸까, 그냥 지나치면 찾을 수가 없다. 그렇게 자연에 온 신경을 기울이고, 온몸을 맡기며 발걸음은 가덕도로 향한다.

대항새바지를 빠져나와 영혼이 자유로운 가덕도 섬으로 들어온지 4시간, 새바지 골목길을 따라 고개로 향한다. 고갯마루 양쪽은 건물 공사가 한창이다. 커다란 펌프카가 가는 길을 가로막고 연신 시멘트를 쏟아내고, 일꾼들은 부지런히 움직이며 큰 건물을 빚어 낸다.

소희네는 가덕도를 찾는 사람이라면 모르는 사람이 없는 맛집이다. 오늘도 멋진 밥상 앞에서 배를 채우고 싶었지만 혼자 먹기에는 양이 만만치 않아 흐르는 침만 겨우 삼키며 뒤로한다.

갈맷길 5-2구간 대항 선착장을 따라 옛 골목길로 접어들면 끝지점에 바닷가 동네 수호신인 팽나무가 가지를 펼치고 세월의 바다를 막아서고 있다. 아스팔트 옆으로 난 옛길을 따라 다시 지양곡으로 오른다. 산새 소리, 바람 소리, 파도 소리, 머얼리 땅속에서부터 봄이 오는 소리가 어우러져 발걸음을 가볍게 만든다. 그렇게 사뿐 사뿐 걷다 보니 어느덧 지양곡 주차장 초소 앞에 도착한다.

쓰레기 치우느라 한창 바쁘신 산불 감시 초소 어르신께 여쭈어 보았다.

"이 쓰레기가 어디서 다 나온 건가요?"

내 눈으로 보기에는 족히 트럭 한 대는 되어 보였다. 그러자 어르신이 답하신다.

"엊그제 휴일에 등산객, 관광객이 놀러 왔다가 버리고 간 거지요."

아무리 생각해도 이건 아니다. 요즘 국립공원이든 어디든, 관광지에서 쓰레기통 보기가 힘들다. 자기 쓰레기는 자기가 가져가 처리하라는 뜻이다. 그런데도 쓰레기 수거용 마대를 비치해 놨다고 간식 먹고 남은 쓰레기부터 생활 쓰레기, 차량 쓰레기까지 모두 버려댄다. 하루이틀 사이에 이 많은 쓰레기가 나왔단 말인가.

이어서 임도를 따라 오르면 저 멀리 거가대교가 펼쳐지고 해송과 리기다소나무가 도열해 나를 반긴다. 곧 아름다운 바다와 연대봉이 어우러진 풍경이 펼쳐진다. 의젓하게 서있는 정자가 잠시 쉬어가라며 손짓한다. 삼거리에서 임도를 따라 복수초를 볼 것인가, 아니면 바로 연대봉으로 갈 것인가? 잠시 고민했지만 나의 선택은 역시 정상이다. 가파른 비탈을 오르다 지쳐 가끔 뒤를 돌아보면 윤슬에 반짝이는 가덕도 푸른 바다가 눈에 들어온다. 그 풍경을 눈에 담는 것만으로도 스트레스가 날아가는 것 같다.

몇 번이나 힘들게 헉헉거린 끝에 드디어 연대봉 정상에 오른다. 세상 여느 만물과 마찬가지로 연대봉 정상도 올 때마다 조금씩 변해 있다. 정상은 너무나도 잘 정돈되어 있다. 마치 도시로 변해가는 마을을 보는 느낌이 든다. 몇십 년 전, 처음 이곳을 찾았을 때의 모습이 그립기도 하다.

멀리 다대포와 외양포를 바라보며 다시 대항새바지로 하산길을 정한다. 봄기운이 느껴지는 새싹이 고개를 내밀고 몇 년을 합다리나무에 찰싹 붙어 살던 칡은 나무의 허리와 목을 더욱 졸라맨다. 그러거나 말거나 합다리나무는 봄을 맞아 겨울눈을 터트릴 준비에 여념이 없다. 혜덕사 모과나무는 삼삼오오 모여 봄맞이 새단장을 하느라 바쁘다. 부지런한 민들레는 그 곁에서 벌써 노란 물감을 풀어 그림을 그리고 있다.

대항에서 큰길을 따라 외양포로 향한다. 새바지에서 고개를 넘으면 외양포에 다다른다. 이곳은 대항의 바깥쪽 목으로, 잘록한 포구라는 의미에서 외항포, 혹은 외양포라는 이름이 붙었다. 외양포는 러일전쟁 당시 일본 해군과 일본 육군이 주둔하던 곳이기도 하다. 그 때문에 이곳에도 우리의 아픈 역사가 곳곳 스며들어 있다. 외양포 주차장에 주차를 하고 들어왔던 곳으로 이동하면 안내표지판이 나온다. 포진지, 화약고, 관측소, 산악 보루, 동백 군락지, 가덕도 등대 등 이곳에도 둘러볼 곳은 가득하다.

우선 발걸음은 포진지로 향한다. 좌우에는 아직도 그 시대의 건물이 자리 잡고 있다. 포진지 입구에 들어서면 화장실터까지도 볼 수 있다. 이대로 뒤덮인 막사, 포진지와 화약고는 당시 역사 현장을 그대로 보여주고 있다. 화약고나 막사는 벽 두께가 족히 50cm는 되어 보이는 것이, 언뜻 보아도 상당히 견고하게 지어진 것 같다. 막사 위의 이대는 지진을 대비해 심어둔 것이라 한다. 이와 비슷한 것을 거제 지심도에서도 볼 수 있다.

지금도 외양포마을에는 일본군 헌병대가 사용하던 시설이 그대로 남아있다. 마을 주민에 의하면 외양포마을에만 우물이 9개나 있었다고 한다. 우물의 수만으로도 이곳에 주둔하던 부대의 규모를 짐작할 수 있다. 역사의 현장에서 자녀들에게 부끄럽지 않게 나 자신을 되돌아볼 시간을 갖게 되었다.

지금 가덕도에서는 봄의 전령사들이 저마다 출발선에 서서 대지의 총소리만을 기다리고 있다. 제비꽃, 개별꽃, 황새냉이, 산자고, 족두리풀, 중무릇, 금창초, 바람꽃, 양지꽃, 현호색, 괴불주머니, 쇠뜨기, 애기똥풀, 광대나물……. 모두 우리 곁에 오고 싶어서 출발선을 밟고 금방이라도 뛰쳐나올 준비를 하고 있다.

환자와 건강한 사람의 차이는 무엇일까? 환자는 침대에 누워 있고 건강한 사람은 두 발로 걸어 다닌다는 것이다. 시간이 없다는 이유로, 돈이 없다는 이유로, 잠시 걸음을 멈추었다면 나의 인생은 지금 몸져누워 있다는 뜻이다. 하지만 정말 피치 못할 사정으로 길 위에 서지 못하는 친구들을 대신해 미력한 글으로나마 길 위의 자연을 전해본다.

자연을 알고 싶으면 길 위에 서라.

울산광역시

태화강 100리 옛길
울산 강동길과 정자항

27
태화강 100리
옛길을 찾아서

아침부터 하늘이 희뿌옇다. 인상을 잔뜩 찌푸린 채 금방이라도 한줄기 쏟아낼 것 같은 기세다. 경부고속도로를 따라 30여 분을 달려 언양 IC를 빠져 나오면 울산 방향으로 국도를 탈 수 있다. 그대로 10분 정도 더 달리면 오늘의 여행지인 범서 망성마을이 보인다. 망성마을 초입부터 노거수 여러 그루가 늘어서 여행객을 반기고 있다.

탑골샘에서 발원한 물줄기가 대곡천을 따라 흐르다가 다시 범서천과 합류한다. 이 천은 다시 흘러 울산의 젖줄, 태화강을 이룬다. 태화강 기암절벽은 우뚝 솟아 한 폭의 수묵화를 그려낸 듯하다. 태화강 변을 따라 상류로 오르면 급류를 따라 흐르던 물이 S자형 물줄기를 만들어 낸다. 태화강 변을 따라가는 것으로 태화강 100리길 제2구간이 시작된다.

도시에서 10여 분 떨어진 곳에 농촌 냄새 물씬 풍기는 마을들이 있다. 이 마을들은 모두 태화강과 더불어 세월을 견디어 왔을 것이다. 올망졸망한 농촌 마을의 정겨움이 묻어나는 온갖 과실나무와 들꽃, 잡초들이 어우러진 풍경이 소담스럽다. 금방이라도 시골 할머니가 쪽박 물 한 바가지를 들고 달려와 권할 것처럼.

길을 따라 양쪽에 늘어선 돌담들은 세월의 무상함을 비켜가듯 예나 지금이나 그대로 자리를 지키고 있다. 옛 정취가 한껏 풍기는 대궐 기와집은 주인을 잃은 지 오래라, 꽃과 나무만이 쓸쓸히 그 자리를 지키고 있다. 입구의 연못조차 생이가래가 주인 노릇을 하고 있다.

봄을 맞이한 자주목련은 주인이 반겨주지 않아도 부지런하게 자기 임무를 다한다. 예쁜 그림으로 피어난 뒤에는 내년을 준비할 것이다. 인간이 자리를 빼앗은 걸 항의하는 건지, 아니면 잡초의 생명력을 보여주는 건지, 소리쟁이는 그 단단한 아스팔트를 뚫고 올라와 만세를 부른다.

길가에 늘어선 새완두, 얼치기완두, 살갈퀴는 서로 덩굴손을 뻗어 많이 크겠다고 난리법석이지만 도토리 키재기나 다름없다. 엊그제 이른 봄을 알리던 홍매화는 벌써 씨방의 보금자리를 다듬고 있다. 욱곡마을 입구를 지나 태화강 상류천에서는 아이들 등쌀에 못 이겨 봄 햇살 아래로 불려나온 아버지가 캠핑 준비를 한다. 정겨운 모습이다.

이제 산길로 접어들어 제법 고된 비탈을 오른다. 늦잠을 자다 겨우 일어난 제비꽃과 붓꽃이 자태를 뽐내며 일광욕을 즐기려고 나왔다. 하지만 오늘은 일광욕을 즐기지 못할 것 같다. 지구 온난화로 올해도 봄이 빨리 찾아왔다. 봄꽃들도 피어날 기회를 재기가 난처한 건지, 피는 시기를 잃은 건지, 시도 때도 없이 가득 피어있다.

등산로 주변에는 여름을 준비하는 꽃들이 꽃봉오리를 만들며 꽃잔치 준비를 벌이고 있다. 산허리를 따라서는 떡갈나무, 굴피나무가 영역 표시라도 하듯 길 양쪽에 늘어서 있고, 들꿩나무와 쇠물푸레는 봄을 맞아 새하얀 한복으로 갈아입을 준비를 마쳤다. 그렇게 오솔길을 따라 이어진 등산로를 걷다 보면 이윽고 전망대에 다다른다. 전망대에서 풍경을 내려다보고 있자니 지금까지의 피로가 날아가는 듯하다.

내리막길 끝에는 꽁꽁 숨겨진 오지 중의 오지, 한실마을이 있다. 한실마을을 보면 처음 처갓집을 갔을 때가 생각난다. 처갓집인 봉화군 법전면 척곡마을에 갔을 때, 처음 든 생각이 딱 그거였다. "뭐 이런 동네가 다 있노." 산을 두 개나 넘어서야 조그만 마을 하나가 겨우 나왔으니. 한실마을이 딱 그때 그 모습 같다. 그래서일까, 어쩐지 정겹고 포근한 느낌이 든다. 몇 가구 되지도 않는 집 사이로 드문드문 논밭이 놓여 있고, 그 사이로 오솔길을 따라 여행객이 콧노래를 부르며 지나간다. 마을을 벗어나서 계속 걸으면 버려진 밭 사이로 온갖 들꽃이 반긴다. 한적한 시골 꽃은 도시 꽃보다 스트레스를 덜 받겠지? 산허리를 돌아 다시 비탈길을 따라 걸어나간다. 늘어서 있는 소나무 사이를 지날 때면, 발치의 낙엽과 고개를 든 온갖 풀이 여행객의 마음을 진정시킨다. 콧노래가 절로 나온다.

고개를 돌아 내려가니 반구대 마을이다. 어릴 때 많이 보고 자랐던 밀밭이 정겹다. 뱀이 기어가듯 제멋대로 늘어선 논둑 사이로 아지랑이가 하늘을 향해 손짓한다. 농촌의 논과 밭, 그리고 채소들이 선연하다. 도회지에서는 결코 느낄 수 없는, 진한 정겨움의 향수다.

반구대마을을 빠져나오니 반구대 암각화 입구가 나온다. 오랫동안 오지 못했는데, 그사이에 가는 길이 많이 변한 것 같다. 대곡천 물소리를 들으며 천전리 공룡 발자국과 천전리 각석을 보고 있노라니 기분이 싱숭생숭하다. 그들이 어떤 목적으로 이 큰 바위에 이런 그림을 남겨 놓았는지 알 수는 없지만 우리에겐 귀중한 사료라는 사실은 변하지 않는다. 대나무가 길가를 호위하고 옛날 공룡들이 지배를 하던 이곳은 이제 대곡천 물만 그 세월을 아는 듯 모르는 듯 유유히 울산 시내를 향해 길게 뻗어가고 있다.

울산 암각화 박물관의 벤치에서 점심을 나눠먹고 다시 종착지인 대곡박물관으로 향한다. 오전 내내 참을성 있게 기다려주던 비구름도 인내심이 다했는지 우두둑 빗방울을 쏟아내고 만다. 그래도 발걸음은 다시 대곡박물관으로 향한다. 차도를 따라 큰꽃으아리가 손을 흔들고 선비들이 그렇게 귀중히 여겼던 황금회화나무가 샛노랗게 새싹을 올리고 있다. 대곡천의 물소리는 빗소리와 어우러져 청아함을 노래하고 있다.

그렇게 빗소리를 음악 삼아 대곡박물관까지 도착했지만 아쉽게도 오늘은 휴관이다. 관장님의 대곡댐 한 바퀴 특별 해설로 휴관의 아쉬움을 달래본다. 2005년에 완공된 대곡댐은 울산 시민의 젖줄인 사연댐 상류에서 수량 조절 역할을 한다. 건설 당시에는 4개 마을에 사는 42명의 거주민을 이주시켰다. 또한 공사 과정에서 많은 유물이 출토되어 지금의 대곡박물관이 개관하게 되었다고 한다.

관장님의 해설을 들으며 아름다운 대곡댐을 보고 있으니 비 오는 날의 여유를 한껏 만끽한 기분이 든다. 울산 제일의 명당 자리에서 화려한 문화를 꽃피웠던 장천사터를 지나자 울산 유일의 소수력발전소가 보인다. 발전소는 오늘도 흰 포말을 힘차게 흘려내며 전기를 만들어내고 있다.

28
울산 강동길과 정자항
낭만이 깃드는 길

아직도 코로나의 울타리에 갇혀 허우적대고 있는 일상이 답답하기만 하다. 그렇다고 마음대로 생각대로 돌아다닐 수도 없는 노릇이다. 또다시 수레바퀴를 돌리며 동해로 나선다. 벌써 시 외곽에는 가을을 알리는 고추잠자리들이 군무를 추고 있다. 벼는 고개를 숙인 채다. 고속도로를 스치며 언뜻언뜻 보이는 억새는 푸른 하늘 아래에서 새하얀 속살을 드러낸 채로 바람결에 팔락이고 있다.

차는 울산대교를 따라 마성터널을 지나 정자항으로 향한다. 바닷길을 따라 수평선이 펼쳐지고, 무룡산과 언덕배기 산들이 벌써 가을의 깃발을 흔들고 있다. 팔레트에 노란색, 빨간색 물감을 갤 준비를 다 마쳤나 보다. 그렇게 감상에 빠질 즈음, 차는 정자항 주차장에 멈춘다. 이곳은 어디에 주차하든 무료 주차장이어서 트레킹에 큰 지장이 없다.

울산 북구 강동 사랑길은 산, 바다와 함께 낭만이 깃드는 길이다. 총 길이는 약 28km, 구간은 총 일곱 구간이다. 숲과 바다를 함께 감상할 수 있고 코스도 다양하니 그야말로 남녀노소 누구나 함께 걸을 수 있는 힐링 코스다. 7코스 전 구간을 하루 만에 트레킹하기는 무리다. 그래서 오늘은 바닷길만 따라서 트레킹 해보기로 한다.

정자항을 바라보며 1구간을 따라 역사의 흔적을 찾아 떠난다. 1구간은 믿음의 사랑길이다. 충렬공 박제상이 왕명을 받들어 일본으로 떠나기 전, 자신이 신던 신발을 가지런히 벗어둔 바위인 박제상 발선처가 보인다. 그 옆으로 정자항의 배를 지켜주는 귀신고래 등대도 있다. 파도가 일렁이는 바다를 눈에 담고는 다시 언덕을 내려와 북쪽 방파제 등대로 향한다.

살결에 스치는 바닷바람은 시원하지만 아직도 태양은 따갑기만 하다. 하지만 곡식에게 마지막 영양분을 주려고 애쓰는 거라 생각하니 몸을 괴롭히는 더위보다도 풍요로운 마음이 앞선다. 등대로 향하는 테트라포드 사이에는 낚시꾼이 빼곡하게 서있다. 장비만 쳐다보아도 열기가 절로 올라온다. 귀신고래와 전투라도 벌이는 걸까?

그렇게 걷다 보니 어느새 등대에 다다른다. 등대 끝에 서니 붉은 귀신고래가 금방이라도 구름으로 뛰어들 것 같다. 반대편의 흰고래도 같이 승천할 듯 힘이 느껴진다. 생동감이 넘쳐흐르는 고래들이다. 어쩌면 이 고래들이 활기찬 항구를 만드는 힘의 근원일지도 모른다. 저 멀리 수평선 빨랫줄에 하나둘씩 널리는 배를 한참이나 바라본다. 이 여름을 내 마음속에 품어두기 위해.

오후가 되면 정자항은 온갖 소리가 어우러져 시끌벅적해진다. 어선의 엔진 소리, 갈매기가 날아다니는 소리, 물건을 파는 상인들 소리……. 새벽에 조업을 나가던 어선들도 하나둘씩 항구로 돌아오고 있다. 이 아름다운 삶의 현장도 코로나로 생기를 잃어가고 있어 안타깝다.

다시 발길을 돌려 정자항의 초입으로 나오면 1구간의 시작 지점에 커다란 조형물이 반긴다. 조형물의 마중을 받으며 정자천교를 따라 방파제로 향한다. 한적한 방파제를 걷고 있노라면 가끔씩 만나는 조형물과 불어오는 바람이 친구가 되어준다. 푸른 하늘과 그 위에 채색을 더한 뭉게구름도 따라와 주니 걷기가 한결 편해진다. 방파제 중간에 다다르면 아기 고래를 구해준 어부 부부의 이야기 조형물과 정자항 랜드마크인 돌고래, 남방파제 흰귀신고래, 그리고 정자항이 한눈에 들어온다.

다시 돌아 나와 정자천교를 지나면 사람들이 와글와글 모여 있는 캠핑장이 나온다. 밀려오는 파도를 노래 삼아 캠핑을 즐기는 캠핑족이 한가득이다. 캠핑장을 지나서 조금 더 걸으면 판지마을 앞의 곽암이 나온다. 이 길은 부산에서 시작되는 해파랑길 제9코스이기도 하다.

판지수산물구이단지를 지나 판지항으로 이동한다. 판지항도 슬픈 전설을 간직한 장소다. 옛날 물신을 띄웠던 이곳은 물의 신과 관련이 있다. 여신인 '후'가 입김을 세게 불자 바위들이 모두 해안

가로 몰렸고, 그중 한 곳에 깊고 동그란 구멍이 뚫렸다. 여신은 이 곳에 '해지'라는 이름을 붙였는데, 그것이 바로 지금의 판지항이다. 실제로 이곳은 해안을 따라 깊게 들어와 있는 형상이다. 이곳에 전해지는 여신과 총각의 사랑 이야기를 들으면 이 길의 이름이 왜 '강동 사랑길'인지 고개를 끄덕이게 될 것이다.

다시 이어지는 길을 따라 산과 바다가 공존하는 명품 해안 산책로에 들어서면 제전 해안벽화, 해상낚시공원, 제전 장어마을, 우가산 유포봉수대, 용바위 등을 만나볼 수가 있다.

판지항을 지나면 덱 길을 따라 걷는다. 그렇게 걷다 보면 판지해상관람덱이 나온다. 2구간, 윤회의 사랑길이다. 이 코스는 바닷길은 짧지만 시간의 흐름에 따라 자연스럽게 순응하는 법을 배우고 느끼게 하는 길이다. 봄에 새싹이 돋아나 여름 장마를 무사히 견뎌내며 가을을 맞이하면 낙엽을 떨구어 겨울에 땔감이 되는 계절의 순환. 어린 시절 시골에서 겨울방학 때 나무 한 짐 해 놓고 놀던 시절 이야기.

사랑 이야기가 담긴 길을 뒤로하고 해안을 따라 3구간 복성마을로 들어선다. 복성마을은 3구간, 연인의 사랑길이다. 연인들의 달콤하고 솜사탕 같은 사랑 이야기가 가득한 이 길은 젊은이들의 데이트 코스로 각광받고 있는 곳이다. 공주에게 한눈에 반한 장어를 피해 공주를 하늘로 올려 보냈다는 '일심전망대', 하늘로 올라가던 공주를 건져올린 강쇠가 공주와 인연을 맺은 '옥녀봉', 그리고 마음을 변치 않게 해준다는 '천이궁'. 모두 이 코스에서 만나볼 수 있다. 하나같이 연인과 걸으며 둘러보기 좋은 곳이다.

제전마을에 들어서면 제전항이 눈앞에 펼쳐진다. 바다를 벗삼아 터벅터벅 걷노라면 내가 누구이며, 어디서 와서 어디로 가고 있는지조차 잊게 된다. 제전마을은 4구간, 부부의 사랑길이다. '금실정'은 두 소나무가 하나가 된 형상이다. 오랫동안 아이를 갖지 못한 부부에게 아이를 점지해 준다는 전설이 있다. '우가항'은 소와 인연을 맺어준다는 망이의 이야기가 전해져 내려오고, '까치전망대'는 자신의 짝을 찾아 먼 여행을 떠난다는 까치의 이야기가 담겨 있다. 모두 푸른 바다의 풍경을 담은 채로 여행객을 기다리고 있다.

바다를 따라 다시 제전항 초병의 길을 걷다 잠시 조용한 포구의 풍경에 취해본다. 조각배를 보며 멍하니 서있는 것조차 휴식이다. 담장에는 누가 그렸는지, 노송 한 그루가 선학과 함께 노닐고 있다. 제전항이 멀어지면 덱을 따라 물이 빠진 바닷가로 향한다. 덱 정자에 앉아 지나온 길을 돌아보니 저 멀리 정자항의 모습이 아련하다. 덱 끝 금실정에는 해남 청년, 울산의 스타, 화제의 트로트 가수인 고정우의 집이 보인다. 소나무 아래 벤치에 앉아 잠시 여유를 부리고 있으니 손끝에 우가항이 걸린다.

아버지는 망이 몰래 어미 소를 우시장에 내다 팔았다. 망이가 어미 소가 차고 있던 워낭만 바라보고 있자, 보다 못한 아버지는 망이에게 어미 소는 바다에 물을 먹으러 갔다며 거짓말을 한다. 이에 망이는 송아지를 데리고 언덕에 올라 바다를 바라보며 어미 소를 기다린다. 하지만 어미 소가 돌아올 리가 없었다. 그러던 어느 날, 망이는 바다에서 소가 나오는 것을 목격한다. 그걸 본 망이는 워낭을 달아주기 위해 바다로 들어가고, 결국 망이도 영영 돌아오지 못했다.

우가항에 전해지는 망이의 슬픈 이야기다. 우가항의 바다에는 아직도 망이의 애처로운 영혼이 녹아 있다.

저 멀리 수평선 위에 떠 있는 갈매기와 그 사이사이로 넘어진 듯 포개놓은 주상절리는 등대처럼 우가항의 슬픈 사연을 나그네에게 전해준다. 가끔씩 쏟아지는 햇살에 윤슬은 보석이 되어 내 가슴속에 박힌다. 그런 기억을 품으며 발길을 옮긴다. 우가항 해녀의 집을 떠나 5구간 산해로를 따라가다 보면 트레킹은 당사마을로 이어진다.

5구간은 몽돌해안을 지나 상큼한 비린내 나는 작은 어촌집을 거친다. 옛 담장에 빼곡히 들어찬 벽화가 쓸쓸했던 마을에 숨을 불어넣는다. 첫 번째 목련꽃 골목을 따라 노부부의 오랜 정을 알려주는 500살 느티나무가 반긴다. 할배당이라는 이름이 붙은 이 느티나무 수호신에도 아련한 전설이 전해진다.

어느 날 하늘로 오르던 용이 노부인을 데리고 가버렸다. 남편은 부인을 붙잡으려고 팔을 뻗었으나 이내 놓치고 말았다. 남편은 상심에 빠졌고, 얼마 지나지 않아 남편도 홀연히 사라졌다. 그리고 또 며칠이 지나 부부의 집 옆에 있던 느티나무가 아내가 사라진 뒷산을 향해 가지를 뻗기 시작했다. 마치 아내를 붙잡기 위해 남편이

뻗은 팔처럼.

그러나 이 할배당은 문이 굳게 잠겨 들어갈 수 없었다. 나무가 팔을 뻗고 있는 뒤편은 버섯 농장으로 사용되고 있었다. 관리도 잘 되지 않는지 잡초가 무성해 안타까운 마음이 들었다.

다시 마을길을 우측으로 돌아 바닷가 길에 접어 들었다. 가는 길에도 벽화가 빼곡하다. 저 멀리 바다를 가로질러 당사해양낚시공원이 보인다. 그 옆으로는 당사항 등대, 그리고 국내 최초의 해상 캠핑장인 당사현대차오션캠프도 보인다.

사부작사부작 파란 하늘의 하얀 뭉게구름과 친구하듯, 파란 바다에 하얀 파도가 내게서 가까이 왔다 멀어지기를 반복한다. 어느새 발길은 해상 캠핑장을 지나 바다로 길게 밭을 뻗고 있는 해상낚시공원으로 향한다. 가을을 알리는 바닷바람을 폐 깊숙이 밀어넣고 멍하니 파도를 바라본다. 수평선 너머에서 시작되는 바람은 파도를 만들고, 수없이 밀려오는 파도는 수없이 시작되는 도전과도 같다. 넘어지면 또 일어나서 흰 포말을 만들고, 부서지면 또 일어나 출렁이는 물결을 만들고……. 우리네 인생이 그러하지 않은가!

마지막 여정인 낚시공원에 다다른다. 입구에는 승천하는 양 굳게 버티고 서있는 용바위가 있다. 이 용바위는 둘로 갈라져 있으며, 예전에는 육지와 이어지는 다리 역할을 하기도 했다. 잠시 이곳에서 여정을 되돌아본다.

울산 강동 사랑길은 옛 이야기가 너무나 많은 트레킹 코스다. 오늘은 1코스부터 6코스까지 바닷길만 따라 걸었다. 길은 우리에게 인생의 의미를 묻는다. 우리는 그 질문에 답하기 위해, 우리 인생에 의미를 부여하기 위해 걷는다. 산과 바다, 그리고 어촌의 풍경이 가슴 깊이 들어온다. 참으로 귀중한 여행이다.

우리가 100년 동안 살아간다면 오롯이 자기를 위해 사는 시간은 얼마나 될까? 자기 자신만을 위해 기간은 10년이 채 되지 않는다고 한다. 그 10년만이라도 하고 싶은 일을 마음껏 하면서 자유롭게 사는 건 어떨까.

강원도

29
인제 둔가리 약수숲길
아침가리골의 눈부신 풍경을 담다

　　　　　　　지구 온난화로 유난히 더워진 올
여름, 연일 35도를 오르내리는 온도에 숨이 멎을 정도다. 하지만
그렇다고 발걸음을 멈출 수는 없다. 혼자만의 여행, 친구나 지인들
과의 여행, 아직은 낯선 친구들과의 만남……. 이 모든 것이 내게
는 희망의 세계니까. 차창 밖으로 밀려나는 가로수와 푸르름이 한
층 더해진 자연의 신록들을 바라본다. 그런 풍경을 보고 있자니 신
께서는 즐거운 여행을 하라며 하늘을 화려하게 장식해 놓고 격려
를 해주는 것만 같다.

　멀리 드문드문 보이는 논에는 가을 황금알을 매단 벼 이삭이 고
개를 내밀고 있다. 그 옆의 밭에는 빨갛게 익은 고추가 수줍은 듯
매달려 있다. 익어가는 과일은 올여름 더위도 잘 견뎠는지 얼굴을
각기 다른 색으로 물들이고 있다. 이렇게 들판에는 가을이 찾아오
는데 찜통 더위는 아직 가을에게 자리를 내어주기 싫은가 보다.

　가끔 소나기가 찾아와 심술을 부리고, 한 바퀴를 구를 때마다 비

가 그쳤다 다시 내리기를 반복한다. 하늘을 덮고 있던 먹구름은 여지없이 빗줄기를 쏟아내고, 그 뒤로 찾아온 뭉게구름은 솜사탕을 빚어 바람에게 전한다. 부산에서 인제까지, 기억하는 소나기만 해도 15번이다. 그렇게 달리다 보니 어느덧 저녁이다. 하늘이 어둑해질 즈음에야 인제에 발을 들인다. 아침가리골의 저녁 공기는 차갑고도 신선하다. 냇가를 따라 늘어선 텐트들은 아직도 휴가의 여운을 남기고, 남폿불 주변에 둘러앉은 일행은 이야기꽃을 피운다.

둔가리 약수숲길의 '둔가리'는 삼둔사가리의 준말이다. 여기서 삼둔사가리는 3개의 둔과 4개의 가리를 의미한다. 둔은 사람이 살 수 있는 둔덕을 의미하며 3둔은 살둔, 월둔, 달둔을 가리킨다. 살둔은 생둔이라고도 한다. 가리는 사람이 살 수 있는 계곡을 의미하며 4가리는 적가리, 아침가리, 연가리, 그리고 명지가리를 가리킨다.

트레킹 코스 2구간인 아침가리골은 아침에 잠깐 해가 든다고 해서 이런 이름이 붙었다. 그만큼 계곡이 깊다. 온갖 난리를 피해 사람들은 이곳에 숨어들었고, 여기면 살 수 있겠다 싶어 '살둔'이라는 이름을 붙였다. 삼둔사가리 모두 이런 식으로 명명되었다. 예전에는 곳곳에 피난굴도 있었다고 한다. 삼둔사가리를 '조선의 마지막 피난처'라고 부르는 이유다. 누가, 언제 난을 피해서 숨었는지는 알 수 없으나 전쟁이 끝나고 세상이 바뀌어도 몰랐다는 말이 있을 정도로 오지인 건 확실하다.

국지성 소나기 소식에 비박은 포기다. 숙소에서 짐을 풀고 잠시

야간 라이딩을 나선다. 목적지는 다음 산행 기점인 방동 약수터다. 마침 반달이 구름에서 빠져나와 빙그레 웃기 시작한다. 손님이 왔다고 무척이나 반가운 모양이다. 달님의 인사를 받으며 오르막길을 오른다. 이곳의 밤공기는 늦가을만큼이나 차갑다. 덕분에 페달을 아무리 밟아도 서늘한 바람이 땀을 훑어준다. 방동 약수터에 도착하니 약수터는 온통 어둠으로 뒤덮였다. 졸졸 흐르는 개울물 소리와 풀벌레 소리만 적막을 겨우 깰 뿐이다. 약수터를 지키고 있는 아름드리 고목, 고로쇠나무가 밤동무가 되어준다. 가끔씩 불어오는 골바람이 폐를 스쳤다가 다시 빠져나간다. 탄산수 한 모금으로 목을 축이고 내일을 기약하며 숙소로 향한다.

다음 날 아침, 서둘러 하산 지점의 주차장으로 향한다. 하지만 벌써 주차장은 꽉 차있다. 사람들도 참 부지런하다. 라이딩 장비를 챙기고는 시원한 바람과 화사한 햇살을 가르며 다시 방동 약수터로 향한다. 약수 한 모금으로 목을 축이고, 약수 한 병은 배낭에 챙겨 넣는다. 아침가리골 계곡 트레킹은 이제부터 시작이다.

아직도 짝을 찾지 못한 매미는 아침부터 구슬프게 울어댄다. 그 모습이 애처롭기까지 하다. 오르는 길 양옆에는 아름드리 적송이 빼곡이 들어섰다. 마타리꽃, 영아지, 동자꽃, 한련초, 멸가치, 물봉선, 병조희풀, 취나물……. 늦여름의 야생화가 웃는 모습도 정겹다. 그윽한 향기를 바람에 실어 산 전체에 뿌리는 칡과 보랏빛의 예쁜 싸리꽃도 오늘따라 참 아름답다.

2km 정도 산을 오르니 온몸에서 땀이 흐르기 시작한다. 걷기에

는 매우 좋은 길이지만 오르막을 오르니 역시 땀이 난다. 아름다운 숲이 우거진 방태산은 천연 식물의 보고다. 숲에서 쏟아지는 향기를 맡으며 온갖 자연의 음악에 도취하다 보니 어느덧 정상 주차장까지 올라왔다. 코로나 때문에 방명록에 이름을 적고, 안내자분이 일러주는 주의 사항과 코스 설명까지 머리에 새겨둔다. 시원한 탁배기 한 사발로 목까지 축이고 나면 출발 준비도 끝이다. 지금부터는 포장 흙길이다.

정상을 넘어 얼마쯤 더 걸으니 하얀 살을 드러낸 자작나무 숲이 나타난다. 나무들을 보고 있자니 오솔길이 더욱 정겨워진다. 사랑하는 사람과 함께 손을 꼭 잡고 애정이 흐르는 이야기를 나누며 사부작사부작 걸으면 얼마나 행복할까?

하이얀 꽃잎을 떠나보낸 산목련은 다음 세대를 맞이하기 위해 부지런히 움직이고 있다. 무당벌레는 구름 넘어 한가롭게 불어오는 실바람과 함께 도란도란 이야기를 나눈다. 어디서든 흔히 볼 수 있는 쑥부쟁이 꽃도 이곳에서는 마냥 아름답기만 하다. 아침가리 골을 향해 내려가는 길, 온갖 소리가 어우러져 신비한 소리를 낸다. 매미가 짝을 찾는 소리, 새가 노래를 부르는 소리, 풀벌레 날개를 흔드는 소리, 바람이 나뭇잎을 흔드는 소리……. 마치 자연의 오케스트라 같다. 내 생전 이렇게 여유롭고 향기로운 소리를 들을 기회가 얼마나 될까? 자연이 들려주는 이 감미로운 소리를 평생 잊지 못할 것 같다.

정상까지는 포장이 잘 되어 있는 길이다. 덕분에 힘든 줄도 모르고 주변 풍광을 감상하며 올라왔다. 아침가리골로 내려가는 길은 아기자기하게 펼쳐져 있다. 풀 내음이 진동하는 고즈넉한 오솔길이다. 신갈나무, 소나무, 버드나무의 푸른 잎이 길에 그늘을 드리운다. 생강, 느릅, 물푸레도 부지런히 광합성을 하며 숲의 공기를 순환시킨다. 도시에서 들이마신 미세먼지를 탈탈 털어버릴 수 있게 숨을 깊게 들이쉬어 본다.

　내려가는 아늑한 길 옆으로는 근래에 보기 힘든 물오리나무가 자생하고 있다. 본래는 우리나라 어느 산을 가든 흔히 볼 수 있는 나무였는데, 산업화가 되며 점점 모습을 감추기 시작했다. 물오리나무가 튼튼하게 자라고 있는 걸 보니 이곳은 때 묻지 않은 청정 지역인가 보다. 하늘이 내려준 자연의 향기롭고 순수한 맛을 느끼며 길을 계속 걸어나간다.

　지난번에 왔을 때와는 달리 조경동 다리 건너는 통제 중이다. 코로나 때문인지 아침가리골도 너무 한적하다. 어느덧 아침가리골 계곡이다. 초입부터 예사롭지 않은 험한 길이다. 나는 경험이 있으니 별 무리가 없지만 초행이라면 조심하는 게 좋을 것이다. 발을 디디는 순간부터 찌릿하게 찬기운이 올라온다. 여름이 맞나 싶을 정도로 물이 차갑다. 흐르는 물은 깨끗이 닦은 유리알 같고, 물소리도 천하일품이다.

　수천 년을 두고 흐르는 부드러운 물은 바위와 조약돌을 쓰다듬어 반질반질하게 만들어 놓았다. 어디의 물은 바위와 부딪혀 요란한 소리를 내는가 하면, 또 어디의 물은 소곤소곤 정담을 나누며 흐른다. 고요한 계곡에 졸졸 흐르는 물소리와 이름 모를 새의 울음소리가 울려퍼진다. 이따금씩 풀벌레가 울며 소리를 더하기도 한다. 이 모든 소리가 어우러져 적막하고 삭막한 마음을 위로하며 달래준다. 위험이 도사리고 있는 길이지만 재미도 있고 스릴도 있다. 하늘이 내려준 천연 그대로의 길을 만끽하며 걷는다.

가끔 바위를 들춰 보기도 하고 야생화를 보기 위해 물살을 가르며 내천을 건너기도 한다. 물살이 부서져 내리는 폭포와 삼형제 바위가 그런 내 모습을 가만히 구경하고 있다. 재두루미는 폭포 물살을 따라 올라오는 고기를 잡기 위해 목을 길게 늘인 채로 정조준을 하고 있다. 바위 웅덩이 속 부엽은 시커먼 잉크를 뿌려놓은 듯하다. 이 부엽을 터 삼아 새로운 미생물들이 태어날 테다.

쉬다가 놀다가, 간식으로 자연을 들이마시고, 때로는 물속으로, 때로는 길을 따라 트레킹……. 그렇게 조경동 계곡을 따라 몸도 마음도 흘러간다. 계곡의 끝으로 향할수록 숲은 화려해지고 물길은 더욱 거세진다. 산딸기와 온갖 풀들이 저마다 자태를 뽐내며 계곡의 물소리에 어울린다. 물가의 푸른 잎은 물살에 못 이겨서 연신 엉덩이를 흔들어대며 춤을 추고 있다. 수많은 생명을 품고 있는 자연은 지친 인간에게 아무런 대가도 없이 감동과 위안을 안겨다 준다.

길고도 긴 계곡도 웃고 즐기다 보니 어느덧 끝이 보이고, 아침가리골마을에 다다른다. 마을이라고는 하지만 집은 불과 대여섯 채밖에 없다. 앞으로는 맑은 개울이 흐르고 사방이 산으로 둘러싸인 아담한 마을이다.

여름 산행지로는 열 손가락에 꼽을 정도로 유명한 코스지만 그렇다고 힘들지 않은 것은 아니다. 이번 트레킹은 걷는 내내 지옥과 천국을 오가는 것 같았다. 하지만 어떻게 힘도 들이지 않고 이 눈부신 풍경을 볼 수 있겠는가! 아침가리골의 신비로움과 아름다움을 배낭에 가득 담아 집으로 가져가야겠다.

30
인제 원대리 자작나무 숲
겸손한 숲속의 왕

———

나에게 숲은 항상 고마운 존재였다. 어릴 때, 농촌에서 나무를 해다가 땔 때부터 몇십 년 동안 나무와 숲을 보며 자랐다. 숲은 수많은 생명을 아늑하게 품어주고 먹을 곳과 쉴 곳을 아낌없이 내어준다. 숲을 쏘다니며 자란 아이는 지금도 숲을 찾아다니며 나무 사이를 걷는 걸 낙으로 살아간다.

서둘러 아침을 먹고 자작나무 숲으로 향한다. 자작나무 숲과 만나는 것도 벌써 6번째다. 나무는 새봄이 되면 어찌 알고 가녀린 싹을 빼꼼히 내밀고 세상의 문을 두드린다. 4월, 5월이면 온통 회색빛이던 대지가 푸르른 색으로 물든다.

이 숲에는 자그마치 40만 그루의 나무가 옹기종기 모여 살고 있다. 어디로 눈을 돌리든 20년은 족히 된 자작나무가 손을 흔들며 여행객을 반긴다. 자작나무를 따라 손을 흔들면 지친 심신이 말끔히 치료되는 것만 같다. 자작나무 숲은 남쪽에서는 잘 볼 수 없다. 그렇기에 기꺼이 먼 곳까지 달려와 볼 가치가 있다.

자작나무는 20m에서 30m까지 높이 자라는 나무다. 광합성을 위해 햇살이 잘 들지 않는 곳의 가지는 잘라낸다. 가지가 떨어져 나간 자리에는 검은 눈동자가 생긴다. 그 눈동자가 자작나무의 새하얀 껍질과 어우러져 마치 숲의 파수꾼 같은 기하학적인 무늬가 완성되는 것이다. 자작나무는 예로부터 수많은 용도로 사용되었으나 사람처럼 자만하지도 않고 욕심도 없다. 다른 나무와 달리 수명은 100년 정도다. 겸손한 숲속의 왕, 자작나무는 모든 것을 사는 동안 내어준 후에 그 자리를 누군가에게 넘겨준다.

주차장에서 조금만 걸으면 안내소에 도착한다. 방명록에 이름을 적고 종합 안내도를 살핀 후 다시 걸어나간다. 길은 좌우 양쪽으로 갈린다. 봄, 여름, 가을에는 어느 길로 가도 한 바퀴를 돌 수 있다. 하지만 겨울에는 안전상 좌측 길은 통제하기 때문에 우측 임도를 따라 자작나무 숲까지만 이동할 수 있다.

왼편으로 들어 자작나무 숲으로 발걸음을 옮긴다. 이 길은 몇 십 분은 걸어야 자작나무 숲을 만날 수 있다. 평지 임도를 따라 터벅터벅 걷다 보면 자작나무가 바람결에 손을 흔들며 여행객을 안아준다. 그런 자작나무 숲의 품에 폭 안겨본다. 서로 하나가 되어 꼭 껴안은 자작나무의 숨결이 내 가슴속에 고스란히 전해진다. 힐링, 자유, 휴식, 그리고 명상! 이 모든 것이 내가 살아 있다는 증거다. 숨막히는 경쟁의 도심에서 묻은 영혼의 때도 싹 씻겨 내려가는 것 같다.

숲터에서 잠시 차 한 잔의 여유를 즐기며 시원한 숲 바람을 만끽한다. 새하얀 자작나무 숲은 늑대들이 설원의 대지에서 호소하듯 토해내는 울음의 여운을 고요히 간직하고 있다. 꼭 영화 속의 장면을 보는 듯하다. 이별과 사랑의 끝을 예고라도 하듯, 행여나 눈물을 보일까 봐 뽀얀 손수건을 열두 겹으로 둘렀다. 나풀나풀 싱그러운 5월의 향기를 따라 자작나무 잎은 바람에 몸을 맡긴다.

자작나무 사이로 불어오는 바람, 우뚝 솟은 자작나무 숲, 그 사이로 드문드문 보이는 하늘. 봄에 와도 이렇게 아름다운 곳이지만 겨울에 오면 또 다른 절경을 맛볼 수 있다. 자작나무는 두 개의 얼굴을 가졌다. 마치 로마 신화에 나오는 신처럼. 그래서 봄과 겨울, 최소 두 번은 보아야 자작나무의 진면목을 알 수 있다. 겨울의 자작나무 숲은 그야말로 순백의 땅이다. 땅에서 솟아오른 순백과 하늘에서 내려온 순백의 만남. 백설에 백설이 더해진 풍경……. 나는 아마 그 숲을 평생 잊을 수 없을 것이다.

31
영월 청령포와 오대산
찬란한 역사의 현장

영월은 내가 가장 좋아하는 곳이다. 몇 개월 사이에 영월 땅을 3번이나 밟았다. 꼭 무엇엔가 이끌린 것처럼 내 몸은 영월로 향한다. 어쩌면 단종의 넋이 나를 영월로 부르고 있는 건지도 모르겠다. 그래서 이번 여행에서는 내가 그가 되어 생각해 보자 한다.

선돌을 돌아나온 물줄기는 서강을 따라 청령포를 휘감는다. 이 곳은 남쪽은 낭떠러지 절벽이, 다른 쪽은 서강이 감싸고 있어 배를 타지 않으면 밖으로 나갈 수 없다. 여름 홍수로 서강이 범람이라도 하면 청령포는 굉장히 아슬아슬해진다. 단종은 그 어린 나이에 이 곳에서 얼마나 힘들었을까. 청령포 매표소와 섬을 오가는 배는 이 곳의 가슴 아픈 사연에 관심이 없는 듯 왠지 낯설었다. 이들이 유배지에 온 어린 왕의 아픔을 보듬는 존재였다면 그가 조금은 위로를 받을 수 있었을까.

관풍헌은 옛날에는 관사였고 객사였지만 지금은 사찰인 보덕사의 포교당으로 사용되고 있다. 약사전이 있고 불상이 있는 것은 이 때문이다. 귀양 온 단종이 잠시 머물렀던 곳이 청령포라면, 단종의 숨이 다한 곳은 관풍헌이다. 때마침 관풍헌 마당에는 관풍헌이 간직한 슬픈 사연을 아는지 모르는지 은행이 아름답게 하늘거린다. 하늘도 땅도 샛노랗게 물들었다. 은행 아래에서는 모두가 동심을 품게 된다.

보덕사에 들렀다가 그 유명하다는 장릉 보리밥집으로 향한다. 메밀전과 도토리묵에 동동주를 곁들인 보리밥 정식이다. 주린 배를 채우느라 허겁지겁 바쁘게 먹었지만 그렇게 급히 먹는데도 맛이 꽤나 인상적이었다. 튀지 않으면서도 오묘하게 조화로운 맛. 사람들이 많이 찾는 데에는 이유가 다 있다는 생각이 절로 들었다.

이어서 향한 곳은 단종의 무덤, 장릉이다. 장릉은 작은 언덕을 따라 조금 오르다 보면 탁 트인 곳에 자리하고 있다. 왕의 무덤이지만 상대적으로 소박하다. 그 소박함이 더 안타깝게 느껴지기도 한다. 장릉으로 가는 길은 온통 가을이었다. 누군가 부지런히 빗자루질을 했는지 길은 깔끔했다. 깔끔한 길을 걷고 있으니 걷는 이의 마음도 덩달아 정갈해졌다. 길의 끝에서 왕을 알현할 때에는 사람들의 마음이 이미 엄숙해져 있으리라. 장릉에서 내려다보이는 언덕 아래에는 배식단과 엄홍도 정려비, 정자각, 수복실, 장판옥 등이 자리하고 있다. 장릉 주변은 숲과 연못이 있어 유적이 아니어도 나들이 하기에 좋은 곳이다.

영월로 들어오는 초입이 소나기재다. 단종이 유배를 오던 중, 이

재에서 억수 같은 소나기를 만났다고 해서 붙은 이름이다. 소나기 재 오른편에는 선돌이 있다. 단종이 이곳에서 선돌을 바라보며 긴 시름에 잠겼다고 한다. 그리고 선돌을 휘감아 도는 강이 바로 서강 이다. 영월 동쪽에 흐르는 강이 동강이고, 이 강은 서쪽에 흐른다 해서 서강이다. 동강과 서강, 이 두 강이 영월읍에서 만나 남한강 이 되고, 또 양평 부근에서 북한강과 만나 한강을 이룬다.

단종의 넋을 영월 장릉에 두고 마지막 여행지인 한반도 지형 전 망대로 향한다. 평창강과 주천강이 만나 서강이 되고, 서강은 한반 도 지형을 어루만지며 단종의 시름을 달래주는 청령포에 닿는다. 이곳의 한반도 지형은 하천의 침식과 퇴적이 이루어낸 자연의 조 화다. 저 아래를 내려다보면 한반도 금수강산의 뼈대인 백두대간 의 모습이 한눈에 보인다. 석회암 바위 절벽 아래 유유히 흐르는 서강은 우리의 역사를 대변하는 듯하다.

평창 오일장을 지나 어느덧 진부로 접어든다. 평창의 햇살이 산 등성이 너머로 사라질 즈음, 월정사 입구에 도착한다. 청명한 저 하늘 멀리 별들이 반짝인다. 별들과 조곤조곤 대화를 나누며 긴 밤 을 새우고 싶지만 내일 오대산 산행을 위해 오늘은 이만 눈을 붙인 다.

그리고 새벽녘, 월정사 매표소를 지나 오대산 계곡 물줄기를 따 라 걷는다. 걷다 보면 오대산 깊은 곳에 자리 잡은 상원사로 빨려 들 듯 발걸음이 멎는다. 녹지 않은 눈과 얼음은 아직 겨울이 이곳 에 잔재함을 증명한다. 상원사 주차장에 도착하니 차가 없어 꽤나 한산하다. 상원사는 문수보살이 36가지 모습으로 변화해 나타났다고 전해지는 문수보살의 성지이다. 본래 이름은 깨달음의 사찰이라는 의미의 진여원眞如院이었다.

하얀 눈을 머리에 이고 있는 전나무 숲길을 지나, 등산로는 다시 사자암으로 이어진다. 중대 벼랑에 선 오층 암자인 사자암은 적멸보궁을 보필하는 암자이다. 한암 스님이 지팡이로 쓰다 꽂아 살아남은 단풍나무는 지금은 고사하고 흔적만 남아 있다. 비구니 스님들은 울력을 위해 삼삼오오 사자암에서 상원사로 향한다. 천년의 숲길 위에 피어난 찬란한 오대산은 지금도 묵묵히 그 역사를 지키고 있다.

사자암을 뒤로하고 등산로는 다시 적멸보궁으로 이어진다. 여기까지는 등산객이 아닌 일반 관광객도 많이 찾는 곳이다. 몇 번 심호흡을 하며 길을 오른 끝에 하얀 설경 속에 숨어 있는 적멸보궁이 눈에 들어온다. 적멸보궁에 합장을 하며 이번 여행의 무사를 빌어본다.

발걸음은 이제 오대산 정상으로 향한다. 이제부터는 아이젠이 없으면 오를 수가 없다. 야광나무는 아직 열매를 보내기 아쉬운지 빨간 입술 위에 하얀 이불을 뒤집어쓰고 있다. 오랜 세월을 버티며 오대산을 지켜온 노거수들은 허리가 아픈지 여기저기 누워 있다. 그 위로 또 다른 새 생명들이 겨울 추위와 맞서 싸우며 봄을 기다리고 있다.

그렇게 설경을 헤치며 오르다 보니 드디어 오대산 정상, 비로봉이다. 정상에 올라 주변을 둘러보니 발 아래로 상왕봉, 두로봉, 주문진항, 노인봉, 동대산이 올록볼록 솟아 있고 평창의 스키장들이 햇살을 받아 반짝이고 있다. 저 멀리 발왕산도 시야에 들어온다. 잠시 오대산의 전경을 감상하고 이번에는 상왕봉으로 향한다.

헬기장을 지나 상왕봉에서 간단하게 점심을 해결한다. 주목 군락지에는 새하얀 눈과 한겨울에도 푸르른 주목이 오묘한 조화를 이룬다. 눈이 내린 경사를 미끄러지듯 내려와 북대 방향으로 하산을 서두른다. 북대 임도에 다다르니 저 멀리 비로봉과 상왕봉이 조심히 가라며 손짓을 한다. 한낮의 햇살을 못 이긴 잔설들은 응어리를 풀고 물이 되어 다시 어디론가 흘러간다.

몇 굽이의 산허리를 돌아 상원사 주차장에 다다른다. 새벽에는 그렇게 한산했는데 이제는 차가 빽빽하게 들어찼다. 역시 이곳도 사람들이 사랑하고, 사람들이 많이 찾는 관광 명소임이 틀림없다. 월정사 주차장도 관광객 인파가 몰려 차로 만원이다.

월정사는 출입문이 두 개다. 공식적인 정문은 남쪽의 용금루지만 지금 사용 중인 문인 동쪽의 금강루다. 예전에 홍수가 일면서 용금루 쪽 다리가 끊어진 탓에 금강문이 정문을 대신하게 된 것이다. 또한 다른 절에서는 찾아보기 힘든 윤장대가 부처님 말씀을 대신 전하고 있다. 윤장대를 한 바퀴 돌면 대장경을 한 번 읽은 것과 같은 공덕을 쌓는다 한다. 경을 읽지 못하는 백성들도 서방정토에 닿을 수 있도록 한 정성을 엿볼 수 있다.

이제 월정사를 나와 전나무 숲길을 걷는다. 금강연에서부터 시작된 숲길은 일주문까지 쭉 이어진다. 이 길은 우리나라 3대 전나무 숲길로 불릴 정도로 유명하고, 또 아름답다. 눈으로 보는 것만으로도 시원한 청량감과 대자연의 풍치를 느낄 수 있다. 전나무는 강인함과 절도를 상징하고, 줄지어 서 있는 모습은 마치 바람을 가르며 달리는 말과 같다고 하여 옛날에는 포마송이라 부르기도 했다. 이제는 모두 옛말이지만 전나무의 위엄과 경건함만은 전혀 바래지 않았다.

이 전나무 숲길은 오대산 사고가 건립되면서 주변 사십 리 접근이 제한된 결과로 만들어졌다. 천 년의 숲길에는 지혜와 역사가 담겨 있고 대자연의 정신이 조화롭게 어우러져 있다. 숲 해설가인 나에게 이곳은 자연의 놀이터나 다름없다. 중간쯤 가다 보면 형체만 남아 있는 600살 할아버지 전나무가 자연의 위대함을 말해주고 있다. 전나무 숲길을 걷다 보면 마음을 울리는 글귀가 종종 눈에 들어온다. 그중 한 구절을 옮겨 본다.

"이제 더 이상 달려야 할 이유가 없다. 갈 곳도 없고 할 일도 없다."

우리는 너무나도 빠르게 앞만 보고 달리고 있다. 오늘도 바쁘게 움직이고 있을 당신께 하늘 한번 쳐다보라 권하고 싶다. 가끔은 고개를 들어 이 전나무의 꼭대기를 바라보라. 전나무 가지가 춤을 추고, 구름이 노래하고, 하늘이 웃는 모습이 눈에 들어온다면 잠시 길을 멈추고 그저 바라보고, 쉬어가라.

자연을 느끼며 30분 정도 걷다 보면 어느새 월정사 일주문이다. 월정대가람이라 쓰인 편액을 끝으로 전나무 숲은 끝난다. 전나무 숲의 기운을 듬뿍 받은 채로 덱을 따라 주차장으로 향한다. 이걸로 이번 여행도 끝이다. 천 년의 숲길 위에 피어난 찬란한 역사의 현장, 나는 오늘도 오대산 길 위에 서 있다.

32
동해안 낭만가도 주문진
푸른 바다를 만끽하다

6번 국도를 타고 강릉 방향으로 꼬부랑 고개를 한참 오르면 정상이 보인다. 바로 진고개다. 오대산의 줄기는 뻗어 동으로 흘러 진고개를 쌓는다. 능선을 따라 노인봉에서 흐른 물줄기는 깊은 계곡을 이루다가 7개의 폭포를 자아낸다. 백운대, 만물상, 선녀탕을 빚으며 소금강이라는 아름다운 이름을 얻은 곳이다. 오대산 국립공원의 동쪽 마지막 지점이다.

차는 어느새 동해 최대의 어항인 주문진항에 도착한다. 주문진 수산시장은 코로나를 이겨낸 듯, 옛 자갈치의 모습을 떠올리게 한다. 코로나 이후로 자갈치는 찬바람만 쌩쌩 부는데 여기 주문진 수산시장은 인산인해, 물고기 반 관광객 반이다. 거기다 나까지 보탰으니 더욱 와글와글, 왁자지껄하다. 주문진의 일등 공신은 아무래도 오징어인 듯하다. 가는 곳마다 오징어 동상이 우뚝 서있다. 시장은 물건 사는 재미가 제일이라지만 여기저기 구경하는 재미 역시 쏠쏠하다.

바닷가 길을 따라가다 보면 근처 주문진 방사제가 눈에 들어온다. 드라마 '도깨비' 촬영지라 그런지 젊은 낭만들로 방사제가 북적인다. 다들 앨범에 길이 남길 사진 한 장을 찍으려고 길게 줄을 서 있다. 요즘 시대에는 인기 드라마 한 편이 관광지를 만들고, 그 지역을 관광 특구로 만든다. 이런 풍경을 보면 대중 매체의 힘이란 정말 대단하다는 걸 실감하게 된다.

소돌 해안 근처 야영장에서 하루를 정리한다. 철썩이는 파도 소리와 차박 팀의 와자지껄한 소리를 벗 삼아 잠이 든다. 밤이 지나 새벽녘, 요란한 엔진 소리에 부스스 눈을 비비며 일어나 바닷가로 향한다. 바닷가에는 동해의 일출을 보려고 일찍부터 모여든 사람들이 몇몇 있다. 언제 어디서 보아도 일출은 늘 가슴 벅차다. 해를 안고 소돌 해안 일주로로 아침 마실을 떠난다.

주문진에서 북쪽으로 얼마 떨어진 곳에 소돌 해안 일주로가 있다. 마을의 형상이 소가 누워 있는 듯이 생겼다 하여 소돌이라는 이름이 붙었다. 소 바위에 소원을 빌면 이루어준다는데, 나도 마침 소띠라 속는 셈 치고 소원이나 한번 빌어볼 요량이다. 해안 산책로 덱을 따라 걷다 보니 느릿하게 떠오른 해가 어느덧 바다 전망대 위에 걸려 있다. 보는 이를 황홀하게 하는 한 편의 작품이다. 전망대 위로 오르자 동해 바다의 파도가 넘실대는 모습이 보인다. 꼭 인어가 마중이라도 나올 것 같다. 전망대 입구에는 소를 닮은 바위가 인어 대신 방문객을 마중한다. 전망대를 내려서면 아들 바위와 성황당이 사람들의 발길을 붙잡는다. 짤막하지만 길이 이상의 감동을 주는 산책로다.

이번에는 7번 국도를 따라 남쪽으로 달린다. 그렇게 달리다 보면 동해의 자랑거리인 석림 능파대 추암 해변 주차장에 도착한다. 이곳도 풍경이 너무 많이 바뀌었다. 조그마하던 주차장은 대형 주차장이 되었다. 하나도 아니고 세 개나. 카페나 식당 같은 시설이 들어서며 한산하기만 했던 능파대도 관광객의 발길이 끊이지 않게 되었다.

추암 해변에는 해돋이 명소로 유명한 능파대, 국내 유일 해상 출렁다리가 있다. 특히 능파대는 애국가의 영상이나 고등학교 교과서에 나와 사람들에게 익숙하지만 정작 어딘지는 모르는 사람이 더 많다. 능파대 주변에는 촛대바위를 비롯해 잠자는 거인 바위, 코끼리바위, 양머리바위 등 다양한 암석들이 있다. 하나같이 가던 걸음을 멈추고 돌아보게 만드는 매력이 있는 바위들이다.

주차장에서 굴다리를 지나면 거대한 바위 군락이 나타난다. 거기서 조금만 더 오르면 우뚝 솟은 촛대바위가 동해를 밝히고 있는 모습이 눈에 들어온다. 마침 갈매기 한 마리가 촛대바위 끝에 앉아 포즈를 취하니, 모두가 카메라를 들이대기 바쁘다. 저 녀석은 꼭대기에 앉아 무슨 생각을 할까? 적어도 코로나 걱정은 안 하겠지!

다시 발길을 돌려 바다 위에 놓인 출렁바위를 건너 주차장으로 돌아온다. 추암 해변에는 추암역이 있으니 기차로 여행하는 것도 좋겠다는 생각이 든다. 차로 여행하는 것과는 분명 또 다른 매력이 있을 테다.

어느덧 이번 여행의 마지막 코스다. 낭만가도의 종착지, 삼척. 오늘의 여행지인 수로부인헌화공원 주차장에 도착하니 벌써 매표 마감 시간이란다. 양해를 구하고 겨우 들어갈 수 있었다. 여행을 다닐 때는 항상 시간 관리를 잘해야 한다는 걸 다시 깨닫는다.

표를 사고 산 위로 웅장하게 솟은 엘리베이터를 타면 헌화공원으로 가는 둘레길에 도착한다. 10여 분 정도 오르면 드디어 헌화공원에 발을 디딜 수 있다. 헌화공원에서는 수로부인이 용과 함께 관광객을 맞이한다. 공원은 아담한 야산 위에 조성되어 있다. 양쪽에는 수로부인을 구해달라는 조각산이 도열해 있고, 정상에는 전망대가 있어 동해의 푸른 파도를 만끽할 수 있다. 게다가 이곳이 동해상에서 울릉도와 가장 가까운 곳이란다. 날만 좋으면 육안으로도 울릉도를 볼 수 있다 하니, 이곳에 여행 올 때는 날이 맑길 기원해 보자.

전라도

33
부안 변산과 임실
바쁜 일상에 쉼표를 찍다

___

파란 하늘을 이고, 바람을 가르고, 구름을 벗 삼아 부안으로 향한다. 차창가로 밀려나는 가로수는 이제 푸른색을 더 올릴 방법이 없어 하늘에 하소연하고 그늘에 숨어 늘어지게 하품하던 곤충도 여름을 준비한다. 하동을 지나 전라도로 들어선다. 휴게소에서 쉬고 있으니 더위를 몰고 온 바람이 여행의 즐거움을 시샘한다. 바람의 채근에 쫓겨나듯 휴게소를 벗어나 부안 땅을 향해 바퀴를 굴린다. 약 4시간의 긴 여정 끝에 부안 변산반도 적벽강 주차장에 도착한다.

서해안 제일의 경치를 자랑하는 변산반도를 한 바퀴 돌고 나서야 비로소 이곳이 왜 국립공원으로 지정되었나 알게 된다. 분명 아름다운 곳이지만 일주 방법에 따라 감상도 달라진다. 사람들은 흔히 외곽 해안도로를 따라 돌지만 쌍선봉, 기산봉, 삼예봉 산자락을 어루만지며 내변산을 지나야 비로소 변산반도의 진면목을 볼 수 있다.

경치가 아름다운 중계교와 월명암의 야영장, 지족의 해수욕장을 지나 격포로 이어지는 코스, 그 끝에 변산의 꽃이라고 할 수 있는 채석강이 자리하고 있다. 해안을 따라 펼쳐지는 기암괴석과 책을 차곡차곡 포개놓은 듯한 지층을 보면 감탄이 절로 나온다. 잠시 지질 공부를 했던 나로서는 정말이지 황홀경에 들어선 것만 같다. 변산반도에 오지 않고서는 지질에 대해 논하지 말아야 할 지경이다.

적벽강은 전체적으로 적갈색을 띠고 있으며 페퍼라이트, 주상절리의 기묘한 모습이 인상적이다. 웅장한 절벽과 특이한 해양 지형을 볼 수 있기도 하다. 붉은 바위가 깔린 듯한 해안의 모습은 채석강과는 또 다른 매력이다. 적벽강 일대 풍경은 채석강과 비슷하면서도 다른 특징이 있다. 바닷가 쪽, 검은 빛깔 퇴적암층의 경관은 비슷하지만 절벽 쪽은 빛깔과 형태가 다르다.

주차를 하고 덱을 따라 바닷가로 내려선다. 바닷물과 햇빛, 암벽과 바윗돌이 영롱하게 어우러져 신비한 색채의 조화를 이룬다. 이런 절경을 보고 있자면 자연의 경이로움에 입이 절로 벌어진다. 나풀거리듯 새하얀 포말을 쏟아내는 파도소리가 귓가에 울리고, 일상의 스트레스는 바닷바람과 함께 저절로 사라진다. 계단을 내려가서 조금만 더 걸어가면 눈앞에 펼쳐지는 풍경 전부가 주상절리다. 절리길을 따라 계속 들어가면 각양각색의 아름다운 암석군을 감상할 수 있다. 이따금씩 밀려온 해양 쓰레기가 이 절경을 오염시키고 있는 게 안타까울 따름이다.

세상은 어째서 아름다운가? 세상에는 볼 것도 많고 놀라운 일도 많다. 살 만하다고 여길 가치가 있는 것도 모두 우리 곁에 있다. 다만 우리가 미처 깨닫지 못할 뿐이다. 이곳에 오지 않았다면 그 아름다움을 깨닫지 못했을지도 모르겠다.

적벽강 끝까지 가면 여러 종류의 암석과 바다 생물을 관찰할 수 있다. 지천에 깔린 고둥이 빨판을 흔들며 인사한다. 해식 동굴과 절리, 그리고 차곡차곡 쌓아올린 퇴적 암반도 나를 반긴다.

혼자 살아가기도 바쁜 이 세상. 내가 보지 않는 곳에서 벌어지는 일에 대해서는 얼마나 무관심하고 소홀했는가. 쉴 틈 없이 살아가는 분이라면 이곳에 와보라. 이 황홀하고 아름다운 절경 아래에서 바쁜 삶에 잠시 쉼표를 하나 찍어보라. 다람쥐 쳇바퀴 돌듯 무한히 살아가지만, 우리에게는 자연이라는 휴식과 치유의 공간이 있다. 바다와 산, 숲과 계곡이 있다. 그곳에는 꽃이 있고, 곤충이 있고, 물이 있다. 자연은 늘 우리의 곁에 있다.

적벽강을 돌아 나와 수성당 앞의 메밀밭으로 향한다. 수성당은 변산반도 맨 끝, 해안 절벽 높은 곳에 위치하고 있다. 게다가 수성당은 서해를 다스리는 계양 할머니를 모시는 제당으로, 계양 할머니는 어부를 보호하고 풍어를 가져다주는 바다의 신이다. 그렇기에 이곳 어부들에게 수양당은 특별한 의미를 가진다. 수성당에서 고개를 쭉 빼면 멀리 임수도가 내려다보인다. 임수도는 심청이 공양미를 마련하기 위해 뛰어든 임당수라는 설이 전해지는 곳이다.

이번에는 해안 절벽과 채석강, 적벽강이 나란히 소곤대는 길을 걷는다. 이곳은 길이 어렵지 않아 쉽게 멋진 경관을 감상할 수 있다. 다만 물때를 미리 살피는 걸 잊지 말자. 하루에 두 번, 물이 빠지는 시간을 이용하면 해안 바위 자락을 따라 걸어서 이동할 수 있다. 바위가 미끄러우니 등산화나 운동화 착용은 필수다. 전망도, 바다도, 꽃도, 해안의 암석도, 모두가 나를 반긴다.

바다 내음을 한껏 들이마시고는 새만금으로 향한다. 전망대에서 바라본 새만금의 호수와 뻗어 있는 도로가 아우성을 치는 듯하다. 그 모습은 어쩐지 안쓰럽기까지 하다. 바람 따라 자기 소임을 다하는 풍력 발전기는 윙윙 소리를 지르며 전기를 생산하고, 이른 여름에 찾아온 철새들은 삼삼오오 모여 모이 사냥하기 바쁘다. 철새들은 인간의 자연 파괴를 모르는 듯 퍽 다정하다.

멈춰야만 보이는 것들, 그리고 떠나야만 보이는 것들. 바빠도 때로는 멈추고, 때로는 떠나보자. 발길 닿는 곳으로, 자유롭게. 그것이 곧 여행이다.

서해의 저무는 해는 도무지 부여잡을 길이 없다. 길어지는 그림자를 따라 부안 농촌 체험 마을에 자리 잡은 지인에게로 향한다. 부안은 귀농과 귀촌을 돕기 위해 농촌 체험 마을을 조성해 두었다. 이 마을에서 1년 동안 생활하며 정착을 돕는 프로그램이 한창이다. 마침 이곳 부안에 체험차 내려와 있는 지인에게 초대를 받아 부안을 찾았다. 숙소는 총 10여 동으로, 모두 조용한 산속에 자리하고 있다. 텃밭과 공동체 회관도 있고 가까운 곳의 직장도 모두 부안에서 알선해 주기 때문에 모두 활기차게 농촌 생활을 즐기고 있는 것 같았다.

직접 기른 채소와 직접 만든 반찬으로 후한 저녁 대접을 받으니 여행의 피로가 말끔히 풀린다. 한결 가벼워진 몸으로 새로운 아침을 맞이한다. 지인의 도움으로 이른 아침까지 든든히 챙겨먹고 여행을 떠난다. 오늘은 부안 변산반도의 내륙으로 이동한다. 30번 국도를 따라 고사포해수욕장을 지나 736번 지방도로를 가로지르면 내소사로 향할 수 있다.

주차장에 도착하니 벌써부터 진한 전나무 향이 풍겨와 내게로 안긴다. 이곳에 오면 속세의 스트레스로 죽어 있던 세포가 소생하는 느낌이 든다. 내소사는 내변산 관음봉과 세봉이 포근히 감싸고 있는 형태다. 발을 디디면 마치 엄마 품속에 안긴 듯한 아늑한 느낌이 든다. 내소사 일주문 입구에서 천황문까지 이르는 길은 수많은 전나무가 하늘을 향해 쭉 뻗어 빼곡한 터널을 이루고 있다. 이 숲길을 따라 걷다 보면 특유의 맑은 향기가 들이쉬는 숨과 함께 온몸 구석구석 뻗어나간다.

내소사의 전나무 숲에는 신비로움이 푹 배어 있다. 세월의 무게감이 차곡차곡 쌓여 이 숲을 이루었다. 아직도 이 숲은 역사가 순환되며 끊임없이 생명이 지고 피기를 반복한다. 전나무는 태풍에 잘 쓰러지는 탓에 이곳의 몇몇 전나무도 수백 년의 세월이 무색하게 쓰러져 있다. 쓰러진 나무는 미생물이나 곤충의 새로운 보금자리가 된다. 전나무의 생은 쓰러지는 순간에 끝나지만 숲의 생명은 다시 태어나는 것이다. 자연 순환의 신비함에 경탄하며 숲길을 걷다 보면 작은 연못의 연꽃과 그 곁을 지키는 능소화가 무슨 생각을 그리 하냐며 말을 걸어온다. 그렇게 전나무 숲길을 지나면 비로소 내소사로 들어설 수 있다.

경내에 들어서면 왼쪽에 커다란 할아버지, 할머니 느티나무가 서있다. 할머니 느티나무는 1000년, 할아버지 느티나무는 700년을 살았단다. 그야말로 내소사를 지키는 수호목이다. 고개를 돌려 정면을 바라보면 대웅보전이 내방객을 맞이한다.

내소사 경내를 한 바퀴 돌고는 재백이고개 탐방로로 향한다. 능선에서 바라보는 내소사는 옹기종기 소담을 나누는 듯하다. 가까이서 보았을 때와는 또 다른 느낌이다. 능선을 따라 솔솔 불어오는 바람은 솔향기를 실어나르고, 나는 솔향기를 따라 직소폭포로 향한다.

여행이 아닌 산행 때는 내변산과 직소폭포를 몇 번이나 들렀었다. 하지만 맨몸으로 이렇게 오는 것은 또 처음이다. 400m 정도의 봉우리지만 내륙의 산과 비교하면 또 다른 느낌이다. 어째서인지 배낭을 메고 산행할 때보다 맨몸으로 오르는 게 더 힘든 것 같다. 어쩔 수 없이 틈틈이 휴식을 취한다. 암석과 암릉 사이로 삐죽삐죽 솟아있는 소나무가 짧은 휴식의 친구가 되어준다. 하지만 아무리 쉬어도 후덥지근한 날씨 탓에 땀이 쉴 새 없이 흐른다. 관음봉 삼거리에서 물 한 모금으로 목을 축이고 다시 암릉 아래로 내려선다.

그렇게 걷다 보니 숲속이 왁자지껄하다. 서울에서 왔다는 부부가 직소폭포를 간다고 나섰다가 이러지도 저러지도 못하고 말다툼 중이다. 얼마나 더 가야 하냐고 내게 묻길래 온 만큼 더 가야 한다고 답했더니 얼마 안 가면 있대서 올라왔는데 한 시간을 걸어도 보이질 않아 돌아갈까 생각 중이었단다.

그렇게 만난 인연으로 부부와 폭포까지 동행을 하게 되었다. 천신만고 끝에 폭포에 도착하니…… 글쎄, 폭포에 물이 하나도 없다. 난감하기 짝이 없다. 이전에 왔을 때 수량이 적을 때는 있었지만 물 한 방울도 없이 바싹 마른 건 이번이 처음이다. 정말 환장할 노릇이다. 나도 이런데 여기까지 겨우 온 저 부부는 어떻겠는가. 그래도 우짜겠노? 한마디 던졌다.

"오늘 평생 두고두고 할 이야깃거리 하나 건져 가시는 겁니다."

"왜요?"

"폭포수 힘차게 떨어지는 걸 보러 왔는데 물 하나 흐르지 않는 폭포를 봤으니 친구들 만날 때마다 이야기할 거 아닙니까? 다른 폭포 어딜 가든 폭포에 물 흐르는 건 흔하게 보는데 이렇게 바싹 마른 폭포를 봤으니 이야깃거리 하나 생긴 거지요!"

"그렇긴 하네요!"

이렇게 또 하나의 에피소드와 함께 내변산 직소폭포 트레킹을 마친다. 아쉬움과 여운은 뒤로한 채로 가까운 원암으로 하산한다. 갈 때마다 느끼는 내소사의 기운과 전나무 향기를 뒤로하고 주차장을 빠져나와 다음 여행지로 향한다.

다시 30번 국도를 타고 내륙 임실의 옥정호로 향한다. 가는 길, 가로수 사이로 파란 하늘과 옥정호의 또 다른 파란 하늘이 다가온다. 장금터널과 강진교를 지나 섬진강 지류를 타고 옥정호로 느리게 달려간다.

옥정호는 운암대교, 벼락바위, 댐 주변의 경관이 수려하다. 물 맑기로 소문난 섬진강 상류에 자리 잡은지라 물을 가만히 들여다 보는 것만으로도 마음이 깨끗해지는 것 같다. 하지만 옥정호의 진정한 매력은 따로 있다. 옥정호는 일교차가 커서 물안개가 많이 끼는 봄이나 가을에는 풍경이 그야말로 절정을 이룬다. 특히 가을철 물안개가 피어오르는 아침 경관이 장관이다. 이로 인해 전국 각지에서 몰려든 사진 작가들이 옥정호의 아름다운 풍경을 사진에 담기 위해 장사진을 이루곤 한다. 옥정호에서 꽤나 유명하다는 애뜨락에서 음료를 마시며 옥정호의 경치를 감상한다. 보통 사람이라면 커피 향을 음미하겠지만 나는 커피를 별로 좋아하지 않아 음료수로 대신한다. 잠시간의 휴식을 끝마치고 또 다른 호수의 풍경을 보기 위해 국사봉 전망대로 달린다.

국사봉 전망대에서 새벽 운해에 덮인 옥정호를 보기 위해 주차장에 비박 자리를 잡았다. 평일이라 그런지 사람이 별로 없다. 덕분에 고요하고 여유롭게 하늘의 별과 옥정호를 바라볼 수 있다. 이 시간만큼은 이 세상 모든 것이 내 것이 된 기분을 만끽한다. 일찍 저녁을 마무리하고 하늘에서 쏟아지는 별을 벗삼아 옥정호 위에 육신을 누인다.

이른 새벽, 옥정호가 내 품속으로 들어온다. 이 순간만을 기다렸다. 나는 두 팔 벌려 옥정호를 품었다. 이런 게 여행의 묘미인가? 휴대폰 카메라로는 이 풍경을 오롯이 담을 수가 없다. 어쩔 수 없이 내 가슴에만 담아가는 아쉬움을 뒤로하고 새벽 안개를 헤쳐 집으로 향한다.

인생은 모든 걸 쉽게 가르쳐 주지 않는다. 몸소 겪고 체험해 봐야 비로소 알 수 있다. 이번 여행도 몸소 겪고 체험한 의미 있는 여행이었다.

34

순천과 낙안읍성
마음이 고요해지는 풍경 소리

부산에서 남해고속도로를 따라 1시간 반 정도 달리면 경상도와 전라도의 경계인 섬진강이 보인다. 섬진강을 지나면 광양, 그 다음은 순천이다. 그 옛날, 낭만에 빠져 비둘기호를 타고 경전선을 따라 여행한 적도 있는 곳이다.

전라남도 동부에 위치한 순천은 최근 관광의 중심지로 발돋움하고 있다. 낙안읍성, 순천만 국가정원, 순천만 자연생태공원, 조계산, 송광사, 선암사 등 많은 관광 자원을 활용하여 관광 산업 육성에 힘을 쏟고 있다.

전남 순천의 낙안읍성은 충남 서산의 해미읍성, 전북 고창의 고창읍성과 더불어 우리나라 3대 읍성 중의 하나다. 성내 전통 한옥에는 120세대가 실제로 거주하는 국내유일의 읍성으로 안동 하회마을, 경주 양동마을 등과 함께 전통적인 촌락이 그대로 보존되어 있는 곳이다.

낙안읍성은 순천시에서 58번 지방도로를 따라 20여 분 달리면 금전산 아래 광활한 대지 위에 자리 잡고 있다. 순천시 경찰서 앞에서 63번 버스를 타면 대중교통으로도 방문할 수 있다.

전라도는 고려 후기부터 잦은 왜구 침입으로 많은 피해를 입고 있었다. 이러한 왜구의 침입을 막기 위해 조선전기 태종 때 흙으로 성을 축조했고, 임경업 장군이 낙안군수로 부임하여 다시 성을 쌓아 지금의 낙안읍성을 완성하였다. 이러한 낙안읍성은 조선 세종 때 다시 석성으로 고쳐지었으며, 약 600여 년 동안 민속 문화 낙안팔경과 조화를 이루며 든든한 성벽이 되어주고 있다.

동문 앞 주차장에 주차를 하고 읍성으로 들어서면 샛노란 함지박을 이고 있는 초가집이 담장 너머로 빼꼼히 보인다. 정면 대로를 버리고 바로 낙풍루 좌우를 오르면 한눈에 성곽이 들어온다. 낙안에서 이동하면 승주읍 죽학리에 위치한 선암사를 만날 수 있다. 선암사는 고려 말, 도선이 개축하였으며 태고종의 본산으로 많은 문화재를 보유하고 있다.

조계산에서 흘러나오는 계류를 따라 오르다 보면 계류 위에 걸쳐 있는 승선교가 보인다. 승선교 건너에는 호남의 삼암사 중 하나인 선암사가 자리하고 있다. 불교 신자가 아니더라도 누구나 한 번쯤은 찾는 절. 주차장에서부터 계류를 따라 오르다 보면 벌써 속세의 오염은 깨끗이 씻겨나가기 시작한다. 선암사에 발을 들이자 마음이 고요해진다.

등산을 좋아하는 사람이라면 조계산 등산로를 따라 송광사로 가도 좋을 듯하다. 조계산 도립공원은 장군봉을 주봉으로 하고 있어 산세가 수려하고 수림이 울창하여 빼어난 경관을 자랑한다. 게다가 누구나 걸을 수 있는 탐방로까지 갖추고 있다. 서로는 송광사, 동으로는 선암사를 품에 안고 있어 명산과 명찰의 기운이 산 전체를 타고 흐르는 모양새다.

차를 돌려 22번 국도를 따라가면 조계산 아래 고즈넉이 앉아 있는 송광사 품속으로 들어선다. 삼청교를 지나 경내로 접어들면 은은한 향내가 코끝을 스친다. 먼듯 가까운듯 울려 퍼지는 풍경 소리에 마음이 절로 경건해지며 지나간 큰 스님들의 발자취를 조용히 되짚어보게 된다.

하늘, 바람, 물 그리고 숲이 어우러진 자연 그대로의 아름다움을 간직한 순천, 그리고 낙안읍성. 속세를 떠나 마음의 평안을 찾고 싶다면 한 번쯤 떠나보는 게 어떨까.

35
구례 화엄사와 오산
봄아지랑이에 실린 마음

기차란 언제나 여행객의 마음을 설레게 한다. 기차는 여행객의 설레는 마음을 실어 구례로, 지리산으로 향한다. 80년대까지만 해도 통일호나 비둘기호가 경전선을 달려 섬진강 철교를 빠져나오면 겨우 구례에 닿을 수 있었다. 이제 그 기차는 아득한 옛 추억으로만 남아 있다. 그 자리는 이제 KTX나 STX의 몫이 되었다. 2시간 정도면 서울에서 구례까지 오갈 수 있으니, 정말 세상이 무섭도록 빠르게 변하고 있다. 이 세상은 무엇이든 빨라지는 게 발전이라 여기고 있지만, 가끔은 느림의 미학도 인생에 크게 도움이 된다. 특히 여행은 더욱더 그러하다.

구례는 국립공원 1호인 지리산의 관문이다. 하지만 구례에 내세울 게 지리산밖에 없는 것은 아니다. 작지만 수많은 봉우리가 병풍처럼 산골 마을을 둘러싸고 있고, 저 산 어드메에 화엄사가 자리를 잡고 있다. 우선은 화엄사를 찾아 걸음을 옮긴다. 경내에 들어서니 동자승이 눈을 가리고 마중을 한다. 경내를 지나 뒤편 이대 사이로 난 길을 따라 들어가면 구층암이 나온다. 구층암은 자연을 닮은 암자다. 뜰에 자라던 모과나무를 승방의 기둥으로 삼았다. 다듬거나 손대지 않은 밑둥은 아래로는 주춧돌에 뿌리를 내리고 위로는 서까래에 가지를 뻗었다. 동편에 자라던 모과나무는 동쪽 승방의 기둥이, 서편에 자라던 나무는 서쪽 승방의 기둥이 되었다. 선조의 지혜가 돋보이는 미학이다.

다시 화엄사를 뒤로하고 구례 시내를 지나 남으로 이동하니 섬진강 한 귀퉁이에 우뚝 솟은 산이 보인다. 바로 오산이다. 오산은 지리산과 비교하자면 야산 축에도 못 끼는 아주 작은 산이다. 하지만 산에 올라 섬진강과 구례 시내, 지리산을 조망해 보면 오산을 결코 업신여길 수 없을 것이다.

사성암은 원효, 의상, 도선, 진각, 이 네 고승이 수도했다고 하여 붙은 이름이다. 고승이 넷이나 수도한 것도 우연은 아닌가 보다. 커다란 바위와 짙은 숲에 숨은 기암과 시원스러운 풍광을 보면 고승이 이곳에 이끌렸다고 보는 게 맞다. 금방이라도 흘러내릴 듯한 돌무더기를 지나서 뒤를 돌아보면 섬진강이 시야에 가득 찬다. 섬진강의 힘찬 물줄기가 금방이라도 발등을 적실 것만 같다.

섬진강 다리를 건너 죽연마을에서 등산로를 따라 걸으면 사성암을 만나러 가는 길이 나온다. 오솔길과 경사를 따라 이마에 흐르는 땀을 한 번 훑어내면 드디어 사성암이 보인다. 사성암과 주차장을 왕복하는 버스를 탈 수도 있지만 땀 흘려가며 만나는 게 더욱 반가우니 나는 두 다리를 직접 움직였다. 예전에는 승용차로도 오를 수 있었지만 도로가 워낙 좁고 복잡해서 안전 차원에서 통행이 금지되었다고 한다.

팔각정을 지나 포장도로를 오르다보면 샛길이 이어진다. 계속 걷다 보면 어느새 사성암 주차장이다. 힘을 내서 사성암까지 오른다. 마당 가득 봄기운이 화려하게 피어있고, 커다란 벽에 붙은 절집은 보는 사람까지 긴장하게 만들 정도로 아슬아슬하다. 몸체는 바위 위에, 세 다리는 바위 아래 땅에 내려둔 형태다. 좌측으로 난 계단을 따라 오르면 바위 끝에서 부처님이 기다리고 있고, 도선굴을 따라 들어가면 도선 국사가 수행했던 터가 있다.

소원 바위를 지나 다시 계단을 따라가면 오산 정상에 오를 수 있다. 정상까지는 10분 정도 걸린다. 정상에서는 구례 들판과 시가지를 한눈에 볼 수 있다. 날이 좋다면 지리산 주 능선을 따라 천왕봉까지 내다볼 수 있다. 여기서 오른쪽으로 고개를 돌리면 광양 백운상의 날카로운 봉우리가 파노라마처럼 펼쳐진다.

오산 정상에서 동주리봉으로 이어지는 능선길도 빼놓을 수 없다. 기암을 보는 재미와 양옆으로 펼쳐진 들녘을 바라보는 재미, 어느 쪽도 훌륭하다. 수많은 기암 중에서도 내가 으뜸으로 꼽는 것은 바로 선바위다. 능선에 전망대가 있긴 하지만 이 바위를 보려면 마고마을 갈림길로 내려가야만 한다. 높이가 70m나 되니 가히 압도적이라 할 수 있지만 숲에 가려져 모르는 사람은 잘 보지 못하고 지나치니 안타깝기만 하다.

솔봉 고개를 지나 능선을 따라 오르내리기를 반복하다 보면 동주리봉 도착 직전에 배바위와 마주할 수 있다. 성곽처럼 생긴 바위에서 섬진강의 긴 물줄기를 눈으로 좇고 있자면 어느새 스트레스나 시름도 다 달아난다. 굽이굽이 등산객을 유혹하는 지리산의 능선과 드넓은 구례 들녘은 봄 아지랑이와 함께 우리의 마음을 싣고 어디론가 떠난다.

36
강진 백운동정원과 가우도
마음을 달래주는 바닷바람

—

어스름한 여명을 받으며 남해고속
도로를 달린다. 화창한 봄이 오는 2월의 마지막 길목. 기나긴 추위
를 이겨낸 섬진강 매화는 수수하고 고요한 자태를 뽐내며 사람들
을 불러모으고 있다. 은빛 모래 물결을 따라, 마음에 불어오는 봄
바람을 따라, 서쪽으로 향하다 보면 어느덧 장흥을 지나 강진이다.

남해고속도로를 빠져나와 13번 국도를 따라 달리다가 무위사
쪽으로 핸들을 틀면 이내 널따란 초록 물결이 넘실대는 풍경이 펼
쳐진다. 녹차밭이 반갑게 손을 흔들며 쉬었다 가라 유혹하지만 그
럴 수는 없다. 다음을 기약하며 계속 달리다 보면 어느새 길이 좁
아지기 시작하고, 결국 길은 승용차 한 대가 겨우 지날 정도로 좁
아진다. 소로를 따라 마을 길로 접어들면 그 끝에서 색이 다 바랜
안내 간판이 여기라며 손짓한다. 조그마한 주차장이 고생했다며
흙투성이 차를 반긴다.

먼저 둘러볼 곳은 백운동 정원이다. 백운동 정원은 조선 중기의

처사인 이담로가 조영한 별서이다. 입구에 들어서면 옛 세월의 흔적이 느껴지는 나무와 바위가 먼저 반긴다. 그 뒤로 아담한 별서 건물이 서 있다. 초정과 사랑채, 본채는 각종 고목과 어우러져 고풍스러우면서도 소박한 분위기를 자아낸다. 자연과 인공미의 조화가 참으로 절묘하다. 과연, 호남 3대 정원이라는 영예는 그냥 얻을 수 있는 게 아니다.

백운동 정원은 외담을 기준으로 외원과 내원으로 구분된다. 외원에는 백운동이라는 글자를 새긴 표지석과 풍류를 즐겼던 커다란 바위, 정선대가 있다. 내원에는 2개의 지당이 있는데, 바로 옆 계곡물을 끌어와 지당과 연결해서 만든 유상곡수가 으뜸이다. 그러나 지금은 안타깝게도 계곡물이 말라 연못도 제 기능을 하지 못하고 있었다.

백운동 정원 12경은 월출산 구정봉 서남쪽 옥판봉에서부터 시작된다. 정원으로 들어가는 동백나무 숲 소로, 산다경. 입구 바위 언덕 위에 심어 놓은 백 그루의 홍매, 백매화. 단풍나무 빛이 비치는 폭포, 홍옥폭. 잔을 띄워 보낼 수 있는 아홉 굽이 작은 물길, 유상곡수. 붉은 글자가 새겨진 푸른 절벽, 창하벽. 용 비늘처럼 생긴 붉은 소나무가 있는 언덕, 정유강. 모란이 심어진 돌계단 화단, 모란체. 산허리에 있는 꾸밈없고 고즈넉한 작은 방, 취미선방. 창하벽 위에 붉게 물든 단풍나무가 심어진 단, 풍단. 옥판봉이 보이는 창하벽 위의 정자, 정선대. 별서 뒤편 늠름하게 하늘로 솟은 왕대나무 숲, 운당원……. 12경 모두 발길이 쉽게 떨어지지 않을 정도로 아름다운 풍경을 자랑하는 곳이다.

백운동 원림으로 들어서면 계곡 입구에 백운동, 세 글자가 크게 새겨진 바위가 있다. 그 곁에서 홍매가 빠알간 자태를 드러내며 수줍은 애교를 부려댄다. 숲을 이룬 동백나무는 겨울잠에서 깨어나지 못해 차마 동박새를 부르지 못하고 있다. 다산과 초의 선사가 나란히 걸으며 세상의 시름에 대해 이야기했을 동백나무 숲과 대나무 숲을 걸으며 잠시 상념에 잠겨본다.

정선대에 올라서면 월출산이 하얀 병풍을 자랑이라도 하듯 취미선방 뒤로 우뚝 서있다. 12경을 차근차근 돌아 동백나무 숲의 계곡에 들른다. 하지만 계곡은 주인을 잃어 물조차 말라버렸다. 정원 아래로 내려오니 원시림같이 울창하게 서 있는 나무들이 반긴다. 그렇게 백운동 정원의 여정을 마치고 안운제 저수지를 다시 돌아 주차장 쪽으로 이동한다. 다시 녹차밭을 지나 되돌아 나가면 10분 정도 거리에 무위사가 기다리고 있다.

무위사는 죽은 영혼을 달래주는 수륙재를 지내는 수륙사로 유명하다. 그래서인지 중심 건물은 극락세계를 관장하는 아미타여래를 모신 극락보전이다. 주차장에 들어서면 현대식으로 꾸며진 팔작지붕의 일주문이 맞이하고 사천왕문을 지나면 극락보전을 만나게 된다. 생명을 받아 태어났다면 언젠가 저세상으로 떠나야만 한다. 언젠가 그곳으로 떠나야만 하는 영혼이라면, 지금 내 영혼이 짊어진 잘못은 미리 무위사에서 내려놓고 가고 싶다.

이제 다시 차를 돌려 강진 시내로 향한다. 시내로 들어가는 길에

달빛 한옥 체험 마을에 잠시 들렀지만, 코로나로 인해 인적이 끊어진 지 오래다. 관광객은 보이지 않고 마을 주민만 이따금씩 보일 뿐이다.

끼니를 해결하기 위해 한정식으로 유명한 곳을 찾았다. 이곳 한 상차림 정식은 오랜 전통이다. 내가 자주 찾는 맛집인 가덕도 소희네도 이곳과 상차림이 비슷한데, 다음에 가게 되면 혹시 강진이 고향인지 여쭈어 보아야겠다. 가격은 그리 싼 편이 아니지만 나오는 반찬을 보면 오히려 싸다고 생각될 정도다. 끝도 없이 밀려드는 반찬을 보고 있자니 무엇부터 먹어야 할지 감도 안 온다.

배를 든든히 채웠으니 다시 여행을 이어나간다. 이번에는 영랑생가로 향한다. 주차를 하고 입구에 들어서니 커다란 은행나무가 돌담 너머로 손님을 맞이한다. 마당에는 빙 돌아 늘어선 모란이 새순을 빼꼼 올리고 있다. 바위에는 「모란이 피기까지는」 전문이 크게 새겨져 있어 이곳이 영랑생가임을 확실히 말해주고 있다. 장독대 옆 감나무는 김영랑 시인이 아버지와 함께 심었다고 한다. 이곳에서 생가를 굳건히 지킨 세월만큼 수피에 파아란 이끼 옷을 껴입고 있다. 초가 지붕에 단출한 살림살이를 보니 그가 얼마나 소박한 사람이었는지 짐작이 간다.

영랑생가 여행을 마치고 오늘의 마지막 목적지, 사의재로 발걸음을 옮긴다. 사의재로 가는 길, 강진군청 입구에 300년이나 묵은 해송이 보호수로 지정되어 군청을 지키고 있으니 잠시 들러 그 웅장함을 눈에 담아보는 것도 좋을 듯하다. 사의재는 다산 정약용이 강진으로 유배를 와서 처음 머물렀던 곳이다. 초당으로 옮겨가기 전, 약 4년 동안 머물렀던 주막이다. 주모 할머니와 막역하게 지내며 많은 것을 배우고 깨우쳤다고 하니, 다산의 생애에 꽤 큰 부분을 차지하는 공간이라 할 수 있겠다. 하지만 코로나에 겨울이라 그런지 저잣거리는 한산하다. 가끔씩 불어오는 바닷바람만이 다산의 마음을 달래주려는 듯 스칠 뿐이다.

보고 싶은 곳, 가고 싶은 곳, 느끼고 싶은 곳으로 떠났을 때 사람은 진정한 행복을 찾을 수 있다. 진정한 여행은 현실에서 도피하는 것이 아니다. 여행지에서 충전하여 다시 현실로 돌아가기 위해 떠나는 것이다.

다음 날 호수의 새소리에 눈을 비비며 부스스 밖을 내다보니 벌써 자연은 잠에서 깨어나 각자 일을 하느라 바쁘다. "여행은 모든 세대를 통틀어 가장 좋은 예방약이며 치료제이자 회복제이다." 다니엘 드레이크가 한 말이다. 해님에게 인사하기 전에 자리를 정리하고 오늘의 예방약, 치료제, 회복제를 공급받으러 떠난다.

강진 시내에서 18번 국도를 따라 산허리를 돌면 백련사로 오르는 길이 나오고, 길을 따라 또 가다 보면 백련사 주차장에 이른다. 백련사로 향하는 길은 노거수들이 도열해 있다. 마치 백련사의 역사를 증명하는 듯하다. 절을 돌아 좌측으로 난 오솔길로 향하면 동백숲림과 다산 초당으로 갈 수 있다. 백련사 툇마루에 앉아 창 너머를 바라보니 백일홍 나무 한 그루가 소담하게 서 있다. 마치 한 폭의 풍경화를 그려다 걸어둔 것만 같은 풍경이다.

약 1500여 그루의 동백나무가 울창하게 숲을 이루며 백련사 동백숲림을 자아낸다. 이곳의 동백은 대부분 이른 봄에 피는 춘백이다. 오솔길을 따라 오르면 몇백 년이나 묵은 동백나무와 함께 참나무, 소나무, 차나무, 비자나무, 후박나무, 가시나무 등이 모여 오순도순 숲을 이루고 있다. 따스한 볕이 드는 양지에 자리한 탓에 동백들도 잠에서 일찍 깼나 보다. 잠도 다 달아났는지 파란 하늘 아래에서 새빨간 립스틱을 바르고 생글생글 웃고 있다. 어떤 녀석은 머리 무게를 못 이긴 건지 잠이 덜 깬 건지 땅에서 꽃을 피우고 있다. 동백은 꽃을 나무에서 한 번, 땅에서 한 번, 내 가슴속에서 한 번, 이렇게 세 번의 꽃을 피운다는 가사가 있지 않던가. 오늘 이 동백들이 내 가슴에 꽃을 피워 일상에서도 영원한 등불이 되어주길 바라본다.

백련사에서 다산 초당으로 이어지는 길은 다산 정약용 선생의 실학 정신이 피어난 숲길이다. 정약용은 총 18년의 유배 기간 중 절반 이상을 다산 초당에서 머물렀다. 그는 다산 초당에서 머물며 『목민심서』를 집필하기도 했고, 초의 선사, 혜장 선사와 함께 이 길을 거닐며 나라의 안위를 걱정하기도 했다.

동백숲길을 벗어나면 소로 산길을 따라 다산 초당으로 길이 이어진다. 뒷짐까지 지고 한적한 산길을 걷고 있자니 정약용 선생과 나란히 걷는 착각마저 든다. 그렇게 걷다 보면 깃대봉 중턱에서 해월루와 마주친다. 해월루에 서면 낮에는 강진의 풍경이, 밤에는 새하얀 달이 보인다. 이곳에서 다산 정약용 선생은 대체 무슨 생각을 했을까? 꼭 오늘 같은 날이었을 것이다. 유배 동안 친구를 그리워하고, 늙어감을 한탄했을 그의 모습이 선연히 떠오른다.

다시 발길을 옮겨 천일각을 지나 돌계단을 내려서면 먼저 동암이 반긴다. 그리고 자그마한 연못을 사이에 둔 채로 다산 초당이 자리 잡고 있다. 다산과 세월을 같이한 은행나무를 뒤로하고 다시 백련사로 되돌아 나온다. 도암면사무소를 지나 819번 지방도를 따라 가우도 출렁다리로 향한다.

가우도는 강진군의 유일한 유인도다. 보은산이 소의 머리이고, 가우도가 멍에 자리에 있다 하여 가우도라는 이름이 붙었다 한다. 망호 선착장에서 출렁다리를 건너면 가우도로 들어갈 수 있다. 반대편인 대구면에서도 출렁다리를 통해 가우도로 들어올 수 있다. 가우도는 태고적 원시림과 생태를 그대로 간직한 섬이다. 섬 전체가 하나의 거대한 숲으로 이루어져 있어 산해가 절묘한 조화를 이루고 있다. 탐방로를 따라 산과 바다를 보며 걸으면 힐링과 낭만을 동시에 즐길 수 있다. 그야말로 천혜의 트레킹 코스다.

강진만에 홀로 뚝 떨어져 있는 섬. 옛날에는 배를 타야만 생필품을 구할 수 있었던 오지였던 섬. 젊은이들이 살 길을 찾지 못하고 뭍으로 떠나야만 했던 이별의 섬. 이랬던 가우도에 다리가 놓이며 이제는 관광객으로 북적이는 친환경 생태 관광 명소가 되었다. 강진에서 유일하게 사람이 사는 섬이면서도 태곳적 원시림과 생태를 고스란히 간직할 수 있었던 이유는 이곳이 워낙 교통이 불편한 오지였던 탓이리라. 하지만 역설적이게도 2013년, 다리가 건설되며 가우도로 여행을 올 수 있게 되었고, 가우도에 여행을 와서는 잘 보존된 자연 환경을 만끽한다.

망호 선착장에 주차를 하고 출렁다리 입구로 들어선다. 저 멀리 청자 전망탑과 가우도가 시야에 훤히 들어온다. 기나긴 출렁다리에 오르면 바닷바람과 갯내음이 그간의 스트레스를 모두 날려버린다. 가우도에 들어서면 곳곳에 오래된 후박나무와 소나무, 해송, 편백나무가 저마다 다리를 잡고 있다. 모두들 바닷바람에 나뭇잎을 흔들며 내방객을 반겨준다. 바다 내음과 함께 가우도 명물, 황가오리빵 냄새가 솔솔 풍긴다. 이런 유혹을 어떻게 견디겠는가. 당장 사서 한 입 물어보니 역시 그 맛이 일품이다.

이제 해안 산책로를 한 바퀴 빙 돌아 강진만 생태공원으로 향한다. 강진만 생태공원은 수많은 생물이 서식하고 있는 생물 다양성의 보고이다. 바람이 잠시 머물렀다 떠나며 갈대를 흔들고, 갈대숲은 한겨울의 찬바람을 견디다 이제 파란 새싹을 올릴 준비를 한다. 갈대숲 너머로 놓인 덱을 따라 생태 탐방로가 조성되어 있고 남포호 전망대, 인도교, 초화류단지, 생태 체험학습장 등 여러 관광 시설이 잘 갖춰져 있어 누구나 여행하며 힐링할 수 있는 곳이다.

주차장에 도착하니 태양광 시설에 제일 먼저 압도당한다. 뒤이어 스마트팜 농법의 최신식 자동화 비닐하우스도 반긴다. 다리를 건너 생태 놀이터를 지나니 강진만 갈대숲과 갯벌이 보인다. 여타 갯벌과는 색다른 맛이 있다. 백조다리 너머로 커다란 백조 조형물 한 쌍이 갈대숲을 가만히 내려다보고, 큰고니, 청둥오리, 노랑부리

저어새는 군무 비행을 즐기느라 정신이 없다.

갈대숲의 길은 강진만 생태숲을 이어주는 통로이며 동시에 남녀노소 누구나 편안하게 걸을 수 있는 길이기도 하다. 탐진강 하구는 둑이 없어 바다 너머에서 봄바람이 불어온다. 아직 겨울의 찬바람이 가시지 않아 봄바람과 겨울바람이 오묘한 조화를 이룬다. 이 갈대숲에도 곧 푸르른 물결의 새 생명이 태어날 것이다.

37
여수 금오도
포말 따라 설레는 마음
—

늦봄의 하늘에는 파란 수목이 얹혀 있고, 가끔씩 지나는 뭉게구름은 하얀 털모자로 산봉우리를 덮는다. 어떤 이는 집 나가면 개고생, 어떤 이는 그 돈으로 집에서 맛있는 걸 사먹는다고 한다. 우리는 맛있는 걸 입으로만 먹는다고 알고 있지만, 사실은 눈으로도, 가슴으로도, 피부로도 먹는다. 얼굴이 동안이라야 젊은 게 아니다. 마음이 어린 것이야말로 진정한 젊음이다. 여행은 마음의 시계를 되돌려 젊음을 되찾게 해준다. 한참 전에 가겠노라고 계획을 세우고도 가지 못한 금오도로, 달과 함께 여행을 떠난다.

오전 일을 본 후, 오후 2시 30분 배를 타기 위해 부지런히 엑셀을 밟는다. 남해고속도로를 벗어나 이순신대교를 가로질러 여수 엑스포장을 지나면 돌산대교가 푸른 바다 위를 수놓는다. 해상 케이블카 캐빈은 한려수도의 아름다운 자태를 고고히 뽐내고 있다. 돌산대교 아래에서 물회 한 그릇으로 간단히 배를 채우는데, 코로나의 기세가 한풀 꺾인 덕인지 관광버스 한 대가 주차장에 들어서는 게 보인다. 건어물 쇼핑을 마치고 나니 단체로 댄스 스포츠 춤판이 벌어졌다. 얼마나 기다렸던 몸부림인가! 보는 내 속이 다 시원하다. 그래도 관광버스 춤이 아니라 단체 댄스 스포츠 춤이라 멋있긴 하다.

맛있게 점심을 먹은 후, 다시 돌산도를 지나 신기항에 도착한다. 금오도 여행도 이번이 벌써 네 번째다. 차와 같이 매표를 하고 나니 시간이 조금 남아 물빠진 갯벌 구경에 나선다. 고둥, 게와 친구하며 잠시 시간을 보낸다. 여수시 돌산 신기항에서 금오도 여천항까지는 20분 남짓 걸린다. 백야도에서 함구미항까지는 40분이면 도착한다. 뱃멀미를 하는 나로서는 제격인 시간이다. 바다는 너무나도 잠잠하고 고요하다. 마치 호수 위에 그냥 떠있는 느낌이다. 데려가는 차 안에서 콧노래 한 곡조 뽑다 보면 어느새 배가 여천항에 다다른다.

금오도는 전라남도 여수만 남서쪽에 위치한 섬으로, 섬이 꼭 큰 자라처럼 생겼다고 하여 금오도라는 이름이 붙었다. 여수시에 속한 섬 중에서는 돌산도 다음으로 크다. 또한 금오도는 고종 황제가 명성황후에게 선물로 준 섬이기도 하고 고종 21년인 1884년까지 봉산 제도가 시행되었던 곳이기도 하다. 궁궐의 소나무를 관리하던 곳이라 일반인의 출입을 제한하고 나무 베는 것을 금했다. 그 때문에 금오도를 다니다 보면 이따금씩 씩씩하고 커다란 해송을 만날 수가 있다.

처음 온 금오도는 섬 주민 외에 아무도 없는 섬, 두세 번째로 온 금오도는 낚시꾼의 섬이었다. 하지만 요즘은 사시사철 많은 관광객이 금오도를 찾고 있다. 해안단구 벼랑을 따라 조성된 비렁길의 풍경이 여기까지 오느라 지친 이들을 위로해 준다. 비렁길의 코스는 총 5개다. 모든 코스는 길이 5km 이내라 천천히 걸어도 2시간이면 완주할 수 있다. 비렁길 사이 아찔한 절벽과 투명한 바다, 동백터널과 출렁다리, 모두 넋을 놓을 만큼 매력적이다.

함구미항에서 두포까지 이어지는 1코스만 돌고 휴식을 취할 요량이라 차는 자연스럽게 함구미로 향한다. 함구미를 다시 찾는 건 거의 4년 만이다. 그런데도 함구미는 변함이 없다. 초입에 들어서니 비렁길 입구라는 노란 글씨가 반겨준다. 돌담 따라 사잇길로 접어드니 해안선 따라 늘어선 바위 사이로 흰 포말이 쏟아져 내리며 여행자의 마음을 설레게 한다.

올해를 준비하는 후박나무는 빨간 코르사주를 단 듯 새순을 높이 치켜들어 하늘을 향해 솟아 있다. 늦봄의 지각생 동백꽃은 그래도 수줍은지 나뭇잎 사이에 숨어 여행객에게 살포시 눈웃음을 친다. 선녀의 열매라 불리는 천선과나무는 작년에 떠나보내지 못한 열매와 올해 새로 돋은 새싹을 모두 품고 있다.

이곳 바닥은 야자수 매트가 깔려 있어 걷기가 한결 수월하다. 걷기도 편하겠다, 이것저것 살피며 세월아 네월아, 휘적휘적 걸으니 10m 가는 데 10분이나 걸린다. 꼬맹이와 함께 온 가족은 나를 앞질러 저만치로 사라진다.

비밀의 숲이라고 불러도 좋을 정도로 신비로운 오솔길이 계속해서 이어진다. 몽환적이라는 말이 아깝지 않은 울창한 숲을 걷고 있노라면 마치 판타지 영화 속으로 들어온 것만 같다. 비렁길을 따라 금오도의 깊은 곳으로 들어설수록 풍경은 더욱 아름다움을 더한다. 이따금씩 숲 너머로 고개를 돌리면 파란 하늘과 맞닿은 수평선 너머로 윤슬이 아른거린다. 이 모든 게 신의 설계가 아니었나 싶은 생각까지 들 정도로 모든 순간이 경이롭고 완벽하다.

평탄한 길이 끝나는 지점에는 폐가가 나타난다. 사람이 살지 않는 탓에 대나무가 마당을 점령하고, 장독대나 절구통, 밥통, 놋쇠 밥그릇 같은 살림살이가 옛 흔적으로 남은 채다. 폐가를 뒤로하고 비탈길을 오르면 밭길 사이로 숲이 이어지고 곧 바다가 펼쳐진다.

절벽 어드메 전망 좋은 곳에 자리를 잡고 한참 멍을 때려본다. 파란 종이에 하얀 줄을 그으며 그림을 그리는 배가 지나다니고, 새들은 무슨 노래인지 알 수 없는 노래를 부른다. 마을 주민들이 미역을 널던 암반 미역 널방을 지나 덱 사이 고개를 내민 팽나무 의자에 앉아 생각주 한 잔으로 휴식을 취한다. 여행이란 누구의 간섭도 받지 않고 나만의 생각에 빠질 수 있는 자유로운 시간이다.

정신을 가다듬고 다시 길을 나선다. 언덕 아래를 굽어보니 풀숲에 옹기종기 모인 새빨간 줄딸기들이 숨바꼭질을 하며 술래를 부르고 있다. 한 움큼 따서 목젖으로 넘기니 단맛이 핏속으로 스며든다. 벌써 3시간째 걷고 있는데도 이제 겨우 1코스 절반이라니, 촌 노인 시장 가는 걸음이 너무 느리다. 어쩔 수 없이 신선대는 가지 못하고 차를 가지러 함구미마을로 바로 내려선다.

함구미마을은 옛 돌담으로 꾸며진 집들이 너무나도 정겹고 다감하다. 하지만 뭇 시골이 그러하듯 지금 이곳도 절반은 빈집이다. 남은 집을 지키는 것도 모두 어르신들이라, 아마 10년 후면 이 자그마한 마을도 없어질 거라는 생각에 마음이 아프다. 높다란 돌담장은 이곳의 바람이 얼마나 센지를 말해주고 있다. 백 년은 족히 버텨온 듯한 담장도 지금은 폐가가 된 집과 함께 무너져 가고 있다.

바람 따라 여기까지 왔고
달 따라 비렁길 걸으니
별 따라 잠든 적 없는

바닷내 풍기는 금오도 숲길에
붉은 동백이 길 안내하면

하얀 포말로 부서지는 파도가
내 가슴에 묻히면
비렁길 나그네 길 잃는구나

금오도의 주 수입원은 방풍나물이다. 방풍 막걸리에 방풍 통닭, 방풍 전까지, 섬 어디를 가나 방풍과 머구나물이 지천에 널려 있다. 마을에서 벗어나 방풍나물을 수확하는 어르신에게서 나물 한 봉지를 산다. 나물을 달랑 들고 함구미항에 도착하니 시간은 벌써 6시가 넘어가고 있다. 나를 섬으로 안내해 준 바람은 어디론가로 떠나고 달만이 걸음을 지키며 나와 함께하고 있다.

두포로 가는 길에 금오도 유일의 편의점에서 간단하게 먹거리를 산다. 고개를 넘으니 바닷바람이 다가와 고생했노라고 속삭인다. 2코스 초입에 차박지를 정하고 자리에 누우니 별빛과 풀벌레 소리, 파도 소리가 슬며시 다가온다. 자연에 둘러싸여 함포고복의 시간을 보내고, 금오도의 달과 함께 방풍 막걸리로 여독을 풀며 잠을 청한다.

나를 여기까지 데려와 준 바람은 밤새 펄럭이며 하늘을 뒤흔들더니, 아침이 되니 뭉게구름 한 아름 머리 위에 뿌려놓고 어디론가 사라지고 없다. 비렁길 자연 바람은 어린아이와 같이 순수하고 깨끗하다. 소한부터 곡우 사이의 120일에는 닷새마다 한 번씩 각기 다른 24가지 꽃바람이 분단다. 눈서리를 뚫고 가장 먼저 피는 매화풍에서부터 멀구슬꽃 연화풍까지. 다 합쳐서 이십사번화신풍이다. 기막힌 감수성 없이는 구분하지도 못하겠다. 하지만 비렁길 절벽 아래에서 불어오는 바람은 구분할 이유도, 필요도 없다. 솔솔 불어오는 바람은 그 어떤 꽃바람보다도 향기롭고 가슴을 시리게 만든다.

간단히 아침을 챙겨 먹고 꽃바람 향기를 맡으러 2코스 길을 나선다. 2코스에서 5코스를 거쳐 안도까지 돌 예정이지만 못 간다면 또 다음을 기약하면 그만이다. 2코스는 두포마을에서 시작된다.

이곳은 처음으로 사람이 들어와 살아서 첫개 혹은 초포라고 불린다. 이어서 바다 전망이 일품인 굴등전망대와 마을의 안녕을 기원했던 촛대바위도 인상적이다.

2코스 초입을 지나자 육지에서는 보지 못했던 아름드리 머귀나무가 군락을 이루고 있다. 육지에서는 어머니의 상징으로 오동나무를 꼽지만 제주도에서는 이 머귀나무를 꼽는다고 한다. 초피처럼 가시가 난 탓에, 가시의 고통을 느끼며 어머니를 생각하라는 뜻이란다. 실거리나무는 노란 꽃을 피워 한창 벌과 나비를 부르고 있고, 신방을 차린 해송은 한창 손자 만들기에 온 힘을 쏟고 있다. 굴등전망대에 도착하니 멀리서 한달음에 달려와 흰 포말만 남기고 사라지는 쪽빛 물감이 바람 따라 내 가슴에 스며든다. 멍과 상처로 얼룩졌던 가슴이 단번에 낫는다. 지금이라도 떨어질 것처럼 위태롭게 서 있는 촛대바위는 전망대의 품격을 높여준다.

2코스의 끝이자 3코스 시작 지점인 직포항에 도착하니 벌써 점심시간이 다 되었다. 코로나 탓에 식당이든 슈퍼든 문을 연 가게가 한 곳도 없다. 마실 물 한 병, 커피 한 잔도 살 수 없는 현실이 안타까울 따름이다. 코로나 직격탄은 이 아름다운 섬도 피해갈 수 없었나 보다.

직포항의 600년 해송과 방풍림 해송들을 뒤로하고 3코스에 접어든다. 3코스 초입 동백숲은 신선의 길이라는 착각을 들게 할 정도로 몽환적이다. 걷다 보면 옛 절터가 나온다. 하지만 빛바랜 안내판만 덩그러니 남아 이곳이 절터였음을 알려준다. 절터 너럭바위에 앉아 바다를 바라보고 있노라면 옛 스님들은 자연에 동화되어 수행이 절로 되었을 것 같다는 생각이 든다. 바로 옆 펜션 잔디밭에는 골프채로 게임을 할 수 있게 해두었다. 골프채를 한번 휘둘러 보지만 영 자세가 나오지 않는다. 내가 유일하게 배우지 않은 운동이 골프다. 그러고 있으니 주인장이 일손을 좀 거들어달란다. 차에서 거름 더미를 내려주고 나니 평생 골프 놀이를 해도 된다는 언약까지 받았다. 금오도에 올 핑계가 또 하나 생겼다.

펜션을 지나 다시 길을 나선다. 사람처럼 앉아 있는 층층나무를 지나 갈바람통전망대에 닿으니 파도 소리가 귓전을 철썩철썩 때려대고, 천 길 낭떠러지 속으로 빨려들 것만 같은 암릉 협곡은 보는 사람을 압도한다. 갈바람은 서쪽에서 불어오는 바람을 뜻하고, 통은 수직절리로 갈라진 지형을 이르는 말이라고 한다.

금오도는 어딜 가도 아름답지만, 굳이 따지자면 산행 기분과 트레킹 기분을 동시에 느끼게 하고 깊은 몰입감을 선사하는 3코스가 가장 비경인 듯하다. 두 절벽 사이에 난 틈으로 솟구쳐 오른 바닷바람이 온몸을 훑고 지나간다. 바람은 벼랑 아래로 몸을 밀어내듯 세차게 몰아친다. 이 풍경은 관매도에서 본 하늘다리 아래 갈라진 암릉 절벽과 닮아 있다. 자연의 경이로움에 절로 감탄사가 나온다.

갈바람통전망대 아래는 고래목에 속하는 상괭이가 자주 출몰하는 곳으로, 상괭이는 등지느러미가 없고 민물과 바닷물에서 서식한다. 상괭이를 찾기 위해 절벽 아래를 내려다보니 숭어 떼와 가마우지 떼가 한판 전쟁을 벌이고 있다. 옆에서 구경하던 갈매기도 어부지리로 한입 챙긴다.

너럭바위에 앉아 때늦은 점심을 간단히 챙기고 수평선 너머의 세상을 한참 동안 바라본다. 풀숲을 지키는 금장초와 비렁길을 따라 수없이 뿌려진 자금우는 제주도의 안덕계곡길을 떠올리게 한다. 어디가 불편한 건지 바위를 베개 삼아 자리 잡고 누워버린 해송은 세상 시름을 잊은 듯 편안해 보인다.

매봉전망대에서 바라보는 바다는 마치 구름 위에서 내려다보는 풍경 같다. 금오도 비렁길은 제주도의 올레길이나 다른 지역의 둘레길과는 달리 깎아지른 해안 절벽 위를 걸으며 숲과 바다의 비경을 함께 만끽할 수 있는 게 특징이다. 전망대 포인트에 설 때마다 탄성이 절로 나온다. 전망대 절벽도 웅장하지만 시야에 들어오는 해안선 굴곡 또한 장관이다. 바다의 물결이 햇빛을 받아 보석처럼 반짝이고, 전망대에서 내려다보이는 산우의 모습이 아득하다.

다시 발길을 옮겨 출렁다리 전망대에서 안도를 바라보니 푸른 도화지 위에 녹색 점이 얹혀 있는 듯하다. 새싹도 이제 모두 어른스럽게 자라 푸르름을 한껏 뽐내고 있다. 비렁다리 아래는 내려다보기가 어지러울 정도로 깊은 협곡이다. 숨을 고르고 다시 길을 나선다. 3코스 끝 지점, 비렁다리에서 학동마을까지는 짧지만 아기자기한 숲길과 해안바위길이 이어진다. 3코스 입구의 아저씨와는 몇 년 전에 안면을 텄는데, 오늘은 대문이 굳게 잠겨 있어 냉수 대접을 받지 못했다. 아쉬움을 뒤로한 채로 4코스로 향한다.

4코스는 비렁길 다섯 코스 중 가장 짧기 때문에 등산이 부담스러운 탐방객이라면 안성맞춤이다. 이 코스 역시 해안선을 타고 도는 코스다. 해안 절벽 위 쉼터인 사다리통전망대는 매봉전망대와 흡사하다. 금오도 유일의 대나무밭은 병이 들어 잎이 누렇게 떴다. 대밭의 안타까운 마음을 달래기라도 하듯, 온금동전망대에서 심포까지 이어지는 해안절벽길의 경관은 아름답기만 하다. 바다를 바라보며 걷노라면 눈과 마음이 절로 즐거워진다.

비렁길 길가의 모든 자연을 조사하고 다닌다. 그러다 보니 5코스까지는 가지도 못하고 쉬엄쉬엄 고개를 넘으며 느릿하게 걷는다. 머구도 뜯고 찔레 냄새도 맡다 보니 어느덧 금오도 읍내로 들어선다. 장사하는 곳이 없어 제대로 식사도 못 했다. 해양경찰대 옆 할매식당에서 가오리 회무침으로 이른 저녁을 챙겨본다. 식당 소개를 해본 적이 없는데 이 할매식당은 너무나도 맛있고 값도 저렴하다. 할매 인심도 그만이다. 금오도에 간다면 꼭 가보시라고 권하고 싶다.

직포로 가는 순환버스 차편을 놓쳐 차를 기다리고 있는데 현지인이 20분이면 고개를 넘어갈 수 있다며 조언한다. 그 말에 혹해 고개 너머로 발걸음을 옮기는데, 무려 1시간이나 걸렸다. 가는 길에 세상 구경은 다 했다. 직포항에 도착하여 차를 회수하고 안도대교 근처 전망 좋은 곳에 차박지를 정한다. 밤하늘의 북두칠성과 카시오페이아자리를 바라보며 하루 여행을 정리한다. 무사히 여행을 마친 것에 감사하며, 파도 소리와 산비둘기의 구슬픈 울음소리를 들으며 잠을 청한다.

바닷바람이 나를 깨운다. 서둘러 짐을 챙겨 마지막 5코스로 길을 나선다. 깎아지른 절벽에 뿌려진 납작한 돌들이 금방이라도 굴러떨어질 것 같아 아찔하다. 고갯마루를 돌아 장지마을에 가까워지면 안도가 한눈에 들어온다. 말 그대로 그림 같은 풍경이다. 트레킹을 좋아하는 사람이라면 산행 종주를 해도 좋은 코스이다.

금오도의 유명세에 가려져 그다지 알려지지 않았지만 금오도 옆 안도에도 상산 트레킹 코스가 정비되어 있다. 안도는 금오도와 안도대교로 이어져 있어 쉽게 건너갈 수 있고, 섬의 풍광 역시 금오도 못지않게 아름답다. 2014년에는 국립공원관리공단에서 명품마을로 지정하기도 하였으며 '아빠, 어디가?'의 촬영지로도 유명하다. 벼랑 위 절경 해송 군락과 마을까지 이르는 동백 군락을 따라 걷다 보면 동그랗게 바다를 품고 있는 마을을 만날 수 있다. 안도 해변은 모래가 하얗고 맑아 백금포 해변이라고도 불린다. 물론 여름철 휴양지로도 각광받고 있다.

안도에는 사람이 다니는 구름다리와 전망대 트레킹을 할 수 있는 구름다리가 따로 있어 여행객이 즐겁게 다닐 수 있다. 바다의 구름다리와 하늘의 구름이 조화를 이루는 모습을 보니 구름다리라는 이름도 참 잘 지었다 싶다. 집에서부터 줄곧 여행길에 함께였던 달에게 감사 인사를 전하며, 2박 3일 금오도 비렁길 트레킹을 마치고 여수로 돌아가는 배를 기다린다.

38
화순 고인돌과 운주사
옛 역사의 기억을 더듬는 초가지붕

파릇파릇한 가로수 새싹 사이로 봄바람이 불어온다. 어린 새싹들은 서로 소곤대며 안부를 묻고, 이따금 나뭇가지에 찾아와 쫑알대는 산새들이 새싹에게 인사를 한다. 노포동에서 출발한 차량은 미끄러지듯 시내를 벗어나 어느덧 고속도로를 달린다. 차창 밖으로는 푸른 하늘이 펼쳐져 있고 아무렇게나 떠다니는 흰 구름 사이로 따사로운 햇살이 비쳐들며 길잡이 역할을 해준다. 이번 여행은 전남 화순의 정암 조광조 선생 유배지와 고인돌 유적지, 그리고 운주사를 찾아간다.

남해고속도로를 따라 늘어선 가로수는 벌써 봄단장을 하고, 섬진강을 지나 보성 녹차 휴게소에서 잠시 휴식을 취한다. 또 3시간을 달려 나들목을 빠져나온 차량은 다시 국도를 달려 첫 번째 목적지인 화순 정암 조광조 선생 적려유허비 주차장에 도착한다. 마을 입구를 지키는 왕버들과 담장 너머 향나무가 정암 선생의 혼을 지키는 것만 같다. 이 두 나무도 나름대로 의미가 있다. 왕버들은 오랜 고난의 세월을 이겨내고 꿋꿋하게 터를 지키는 대표적인 노거수이며, 향나무는 이승과 저승의 매개 역할을 했던 우리 조상 숭배에 중요한 나무였다.

기와지붕에 둘러싸인 유배지 초가지붕은 옛 역사의 기억을 더듬게 만든다. 한때 중종의 총애를 업고 영의정까지 올라 기와지붕을 쌓아올린 정암이, 이곳에서는 중종에게 버려져, 다른 세력의 기와에 둘러싸여 초가집에 갇히는 신세가 되었다. 정암 조광조는 조선 중기의 성리학자이자 개혁주의자였다. 1519년, 기묘사화로 인해 이곳 남정리에 유배된 후, 사약을 받았다. 적려유허비는 1966년, 우암 송시열이 비문을, 동춘당 송준길이 글을 쓴 후 능주목사 민여로가 세운 비이다.

문화해설사분이 이야기하기를, 정암 선생은 당시에 미남이셔서 여성들이 줄을 섰다고 한다. 영정을 보니 정말로 잘생기긴 했다. 알찬 해설을 듣고 영정각과 유배 초가집, 유허비까지 돌아보고 나니 마음속 바구니에 지식이 가득 채워진다.

유배지 바닥을 수놓은 노란 서양 민들레와 까만 날개를 퍼덕이는 봄까치가 방문객을 반긴다. 아직 4월 초중순인데도 날씨는 벌써 나그네의 옷을 벗게 만들기에 충분하다. 한낮의 바람은 가닐가닐 아스팔트의 열기를 그대로 피부로 옮겨온다. 조선 유학의 정신을 되새기며 정암 선생 유허비를 뒤로하고 예약해 둔 식당으로 향한다. 오후에 볼 고인돌 유적지를 지나면 평야처럼 펼쳐진 논 사이로 아지랑이가 피어오른다. 이제 농부의 손이 바빠질 시기다. 우리

네 부모님들도 논밭에 나가 따사로운 햇살과 봄바람을 맞으며 여름 지을 준비를 하시겠지!

두부 전문 식당의 앞마당은 자그마한 공원이다. 벚꽃나무, 조팝나무가 손님을 반기고, 작은 연못에는 금붕어와 마름이 동동 떠다닌다. 그리고 한편의 장독대가 정겹게 손짓한다. 맛있는 두부 음식과 어른의 음료수로 배를 채우고 다시 왔던 길을 따라 고인돌 유적으로 길을 나선다. 여기도 벚꽃과 개나리가 한창이라, 꽃잎이 하늘하늘 차창을 향해 손을 흔들어준다.

화순고인돌유적지는 고창, 강화와 더불어 우리나라 3대 고인돌 유적지이다. 이곳의 고인돌은 청동기시대의 대표적인 무덤 양식인 남방식 고인돌이다. 세계 최대의 고인돌이기도 하며 근처에 채석장이 존재해 고인돌의 축조 과정까지 알 수 있다. 괴바위, 마당바위, 관청바위, 달바위, 감태바위 등 고인돌마다 각자의 이야기를 간직하고 있기도 하다. 이와 같은 특징으로 이곳은 무등산권 유네스코 세계지질공원의 일부로 지정되었다.

안내소에서 안내 책자를 얻고, 위치와 설명을 들은 후 곧바로 고인돌 유적지로 이동했다. 고인돌 유적지와 운주사의 해설은 박세이 교수님께서 맡아주셨다. 입구에서 방문객을 가장 먼저 반기는 것은 화순 고인돌의 이정표인 괴바위 고인돌이다. 완만한 구릉에 위치해 있고 돌 덮개의 규모도 가장 크다. 이 고인돌의 특징은 무덤의 기능보다도 상징적인 기념물의 기능이 더 강하다는 것이다.

버스로 이동하면서도 고인돌이 늘어선 풍경을 둘러볼 수 있다.

차창 너머로 하얀 벚꽃 눈이 작은 저수지 수면을 덮으며 뱃놀이를 즐기는 게 보인다. 저수지 언덕배기에도 여러 군집의 고인돌이 자리를 잡고 있다. 관청바위 고인돌군은 보성 원님이 쉬면서 관청 일을 보았다고 하여 붙여진 이름이다. 이곳의 고인돌군은 화순 고인돌 유적지에서 가장 큰 무리를 이루고 있는 곳이다. 산기슭을 따라 고인돌이 규칙적으로 줄지어 분포하고 있다. 고개를 넘으니 봄맞이를 나온 사람들이 여기저기 무덤가에 앉아 망중한을 즐기고 있다. 어떤 가족은 조용히 자연의 낭만을 즐기고 있고, 또 어떤 가족은 아이들과 뛰놀며 신이 나 있다.

핑매바위 고인돌군은 춘양면 대신리 일원에 있는 고인돌군으로, 돌을 던진다는 의미에서 이런 이름이 붙여졌다. 마고 할머니 전설, 장군바위 전설 등, 이 고인돌에는 수많은 전설이 전해진다. 왼손으로 돌을 던져 고인돌 위에 있는 구멍에 넣으면 시집과 장가를 갈 수 있다는 전설도 있다. 지금 이곳은 초등학교에서 견학을 온 탓에 시끌벅적하다. 그래도 이런 곳으로 견학을 올 수 있다니, 저 학생들도 참 복을 받은 것 같다.

한바탕 소란이 지나간 후, 돌을 주워 소원을 빌고 감태바위로 향한다. 감태바위 고인돌군은 채석장 바로 아래에 있다. 이곳에서는 고인돌의 덮개돌을 떼내고 쌓아 만드는 과정을 한눈에 볼 수 있다. 또 지상에 무덤방이 드러난 탁자식 고인돌, 고임돌을 괸 바둑판식 고인돌, 땅속에 만든 무덤방에 뚜껑을 덮는 개석식 고인돌 등 여러 형식의 고인돌도 함께 살펴볼 수 있다. 채석장까지 올라 몇천 년

자리를 지키고 있는 고인돌군을 바라본다.

고인돌 유적지를 모두 돌아보고 난 후, 지방도를 따라 천불천탑 운주사로 발길을 옮긴다. 오랜만에 찾는 곳인데도 특이한 절이라 추억이 새록새록 떠오른다. 운주사는 도선국사의 창건 설화와 천불천탑으로 잘 알려진 곳이다. 무등산 자락 한 줄기에 운주사가 자리 잡고 있다. 입구에서 보이는 9층 석탑과 좌우 산에 서 있는 석탑의 모습은 경이롭기만 하다.

운주사에는 9층 석탑, 원구형 석탑, 석조불감, 원형다층석탑, 석불좌상 및 칠성바위 마애불 등 수많은 유물이 있다. 하지만 운주사 석물들은 하나같이 못생기고 어설프다. 불상은 대체로 서 있는 자세에 자연 기단 위에 올려져 있다. 주변의 바위를 쪼개어 얇은 석재를 홀쭉하게 세우고 단순하게 조각하였다. 종교적 모습이라기보다는 고대 조각처럼 단순하고 많이 생략된 모습이다. 불상이 너무 많아서 그런지 여기저기 구석에 흩어져 있는 모습을 보면 어쩐지 처량하기까지 하다.

운주사의 백미는 탑도 불감도 아닌, 대웅전 서편 언덕에 자리한 와불 한 쌍이다. 부처라기보다는 부부 같은 다정한 부처의 모습. 너럭바위를 있는 그대로 적당히 다듬어 몸통을 만들고, 가운데 자연스럽게 갈라진 틈을 나누어 두 부처의 얼굴을 새겼다. 와불에서 내려와 오른쪽으로 방향을 틀면 석탑 한 기와 널찍하고 둥근 바위가 흩어져 있는 것이 보인다. 흩어진 모양이 꼭 주사위 놀이라도 하는 것 같다. 이게 바로 칠성바위다. 자세히 보면 원형의 바위가 잘 다듬어져 있고, 크기는 다르지만 분명히 북두칠성의 형상 그대로다.

　올라왔던 길을 돌아 다시 주차장으로 향한다. 해가 길어졌는지 아직도 태양은 산 중턱에도 미치지 못했는데, 시간은 벌써 5시 30분을 넘기고 있다.

그곳에
가면

자연과 하나 된 사람, 문기열

송철호

인문고전평론가

1. 인연

그를 처음 만난 건 2017년 가을, 울진 금강소나무 숲길에서다. 우연히 만나 우리 일행과 함께 길을 걸었다. 그는 말이 적었지만 그가 가끔씩 하는 말은 화려하진 않아도 차분하고 분명했다. 그는 산과 숲, 나무, 풀에 대해 백과사전 같은 지식을 갖고 있었다. 그로 부터 5년이 지난 지금, 그와 나의 인연은 더욱 두터워졌다. 평소에 는 잘 드러나지 않지만 그는 늘 있어야 할 때, 있어야 하는 곳에 있 었다. 시간이 지나면 지날수록 그의 존재는 두드러졌다. 그는 언제 나 열심이었고 말없이 최선을 다했다. 아마도 그와 나의 인연은 시 절인연이 아닌가 싶다.

2018년, 산악회 여름 1박 2일 여행으로 강원도 인제의 아침가리 계곡과 원대리 자작나무숲에 간 적이 있다. '삼둔사가리'. 강원 인 제의 방태산 기슭에 숨어 있는 산마을을 일컫는 말이다. 15km 계 곡 길은 걷기가 쉽지만은 않았는데, 일행 중 한 명이 아파서 못 걸 을 지경이 되었다. 당시 산악회 회장인 나는 당황했지만 그는 마치 이런 일이 있을 줄 알고 있었던 것처럼 너무나 차분하게 대응했다. 덕분에 우리는 무사히 계곡 트레킹을 마칠 수 있었다.

그가 처음 책을 내고 싶다고 했을 때, 나는 찬성한다고 했다. 그가 그동안 올린 글을 빠짐없이 읽었던 나는 그 글에 담긴 자연에 대한 진실한 마음을 알았기 때문이다. 그의 글은 자연에 대한 있는 그대로의 마음이 담겨 있어서 순수했다. 그는 글에 특별한 기교나 수식을 덧붙이지 않았다. 그저 있는 그대로 담백했다. 물론 자기 고백적이고 설명적인 그의 글이 상업성이 있을지는 모르겠다. 하지만 그런 건 중요하지 않다. 중요한 건 글에 담긴 그의 마음과 글의 내용이다. 문체는 언제든 필요에 따라 고치면 된다. 그는 오랫동안 방송국에서 모니터링 일을 했고, 공모전에 투고하여 당선된 이력도 있다. 그의 필력이라면 대중에게 호소력 있는 좋은 책을 낼 수 있을 것이다.

그는 곰삭은 사람이어서 인연이 오래될수록 좋은 면이 보이는 사람이다. 그는 시골집 가마솥 아궁이에 불 지핀 장작 같아서 타면 탈수록 열정이 쏟아지는 사람이다. 나는 그런 그가 좋다. 그가 나의 지인이어서 좋고, 그가 우리 산악회의 고문이어서 좋고, 그와 인문예술 모임을 같이 하고 있어서 좋다. 나는 그의 책이 많이 팔려서 더 많은 사람이 읽었으면 좋겠다. 읽으면 읽을수록 더 깊은 맛이 느껴지니 어찌 나 혼자 읽기를 바라겠는가.

2-1. 지리산

그는 지리산을 특히 좋아하는 것 같다. 산꾼치고 지리산을 좋아하지 않는 사람은 없겠지만 그의 지리산 사랑은 은근히 유별나다. 그는 지리산의 여러 봉우리를 올랐고, 지리산 구석구석을 걸었다. 그는 지리산에서 산만 본 것이 아니라 나무와 풀, 이름 없는 암자를 보았고, 그 속을 살아가는 사람들의 모습을 보았다. 세상을 바라보는 그의 눈은 정이 많아서 꼼꼼하다.

오지 산골 도마마을 다랭이 논은 이곳에 살아야만 했던 주민들이 눈물과 땀으로 만들어낸 땅이다. 위정자나 지주들의 착취와 전쟁 등을 피해 오지 중의 오지로 이주한 가난한 농민들은 농사지을 땅이 없어 가파른 비탈을 개간해 논으로 만들었다. 걷어낸 돌로 논둑을 쌓고 물이 쉬 빠져나가지 않도록 점토나 흙으로 마감했다. 모든 일이 사람 손으로 이루어졌다. 이들의 목표는 손바닥만 한 땅도 논으로 만든다는 것이었다.

수백 년 동안의 눈물겨운 노동으로 일구어낸 계단식 논은 생태적 가치가 높다고 평가받고 있다. 토양 침식을 막고 물을 머금어 홍수를 줄이며, 산속에 습지를 조성해 생물 다양성을 높였다. 일부 전문가들은 민초들의 고단한 삶이 예술로 승화되어 계단식 논이 되었다고 극찬한다. 지금도 큰 기계가 들어갈 수 없는 작은 논이 많아 소와 쟁기로 농사를 지어야 하는 곳이 많지만 이런 열악한 환경이 오히려 가슴을 뭉클하게 만드는 경관을 자랑하는 명소를 만들었다.

계단식 다랭이 논의 가장 큰 문제는 물을 어떻게 확보하느냐다. 천수답이 기본이지만 필요할 때 물을 제대로 공급할 수 없는 문제도 있다. 그러나 이 역시 선조들이 슬기롭게 해결했다. 뒷산의 물을 이용하여 위에서부터 고루 물을 댈 수 있게 수로를 각 논으로 연결한 것이다. 이를 만들기 위한 고통도 만만치 않았을 것이다.

- 「지리산 자락길_ 가을 마천의 매력」 중에서

그는 세상을 그냥 보지 않는다. 보이는 것, 그 너머의 이면을 본다. 그는 지리산 오지의 다랭이 논을 이야기하면서 '위정자나 지주들의 착취와 전쟁 등을 피해 오지 중의 오지로 이주한 가난한 농민들은 농사지을 땅이 없어 가파른 비탈을 개간해 논으로 만들었다.'라고 했다. 사람들은 대체로 다랭이 논이 보여주는 풍경만을 이야기한다. 그러나 그는 왜 지리산 오지에 다랭이 논이 생겨났는지, 그 배경을 이야기하고 있다.

한편, '걷어낸 돌로 논둑을 쌓고 물이 쉬 빠져나가지 않도록 점토나 흙으로 마감했다. 모든 일이 사람 손으로 이루어졌다.'라는 말에서는 그의 관찰력을 느낄 수 있다. 관찰은 애정이 있어야 가능하다. 애정은 오지 마을 사람들의 힘겨움에 공감하는 데서 알 수 있다. '이를 만들기 위한 고통도 만만치 않았을 것이다.'라는 그의 말은 이를 증명한다. 그의 글에는 긍정의 마음이 있다. 그는 지리산 오지 마을의 다랭이 논에 대해서 '수백 년 동안의 눈물겨운 노동으로 일구어낸 계단식 논은 생태적 가치가 높다고 평가받고 있다. 토양 침식을 막고 물을 머금어 홍수를 줄이며, 산속에 습지를 조성해 생물 다양성을 높였다. 일부 전문가들은 민초들의 고단한 삶이 예술로 승화되어 계단식 논이 되었다고 극찬한다.' 라고 평가함으로써 민초의 고통의 산물인 계단식 논이 가져온 긍정적인 면모에 주목하고 있다.

그는 자연, 특히 식물에 관해서는 타의 추종을 불허할 만큼 지식이 깊고 다양하다. 가끔 그가 들려주는 식물 이야기를 듣고 있노라면 저렇게 많은 내용을 어찌 저리 분명하고 빠짐없이 말을 할 수 있는지, 감탄스럽기까지 하다. 그는 누가 어떤 질문을 하더라도 막힘이 없다. 그만큼 정확하게 잘 이해하고 있다는 것이다.

얼레지는 백합과에 속하는 여러해살이풀로, 전국의 높은 산의 그늘에 분포한다. 보라색으로 피는 꽃이 아침에는 꽃봉오리가 닫혀 있다가 햇볕이 들어오면 꽃잎이 벌어진다. 다시 오후가 가까워지면 꽃잎이 뒤로 말린다. 잎은 나물로 먹고 녹말이 함유된 뿌리는 구황식물로도 쓰였다.

얼레지는 개미 유충과 흡사한 냄새를 뿜는 검은색 씨앗을 퍼트리는데, 개미들이 이 씨앗을 자신의 알인 줄 알고 옮겨 씨의 발아를 돕는다. 개미가 옮긴 얼레지 씨앗은 7년이 지나야 첫 꽃을 피운다. 개미굴 깊이 자리를 잡고, 먹히고 밟혀도 끄덕없게 단단하게 보금자리를 마련한 후에야 드디어 새싹을 올린다. 그렇게 지리산 자락으로 이사 온 얼레지는 찬 기운 탓에 색상이 밝지가 않다.

다른 친구들은 모두 결혼을 하여 자식을 가졌는데 늦잠을 잔 이 녀석은 이제야 부랴부랴 꽃을 피워 벌, 나비 중매쟁이를 부르지만 계절의 변화에 결실을 맺을지 걱정이다. 제 임무를 다한 암꽃대는 입술을 삐쭉이며 성공하였노라고 외치고 있다.

- 「지리산 둘레길 제9코스_ 인생을 닮은 나무를 만나다」 중에서

그는 언제 어디서든 어떤 식물이든 저런 식으로 설명을 한다. 식물에 대한 지식의 깊이를 짐작할 수 있다. '보라색으로 피는 꽃이 아침에는 꽃봉오리가 닫혀 있다가 햇볕이 들어오면 꽃잎이 벌어진다. 다시 오후가 가까워지면 꽃잎이 뒤로 말린다.' 이런 자세한 설명은 섬세한 관찰의 결과다. 그의 섬세한 관찰력을 볼 수 있는 부분은 이뿐만이 아니다. '지리산 자락으로 이사 온 얼레지는 찬 기운 탓에 색상이 밝지가 않다.' 그냥 스칠 수도 있는 것인데 그는 지리산의 얼레지의 색상이 밝지 않음을 보았고, 그 이유를 찾은 것이다. '계절의 변화에 결실을 맺을지 걱정이다.' 라는 문장에서 우리는 식물에 대한 그의 애정을 느낄 수 있다.

2-2. 사찰

그의 글 중에는 사찰에 관한 글이 꽤 된다. 한국사찰림연구소 금

정 지부장이라는 이력 한 줄을 통해서도 그의 사찰 사랑에 대해 알수 있다. 산을 좋아하는 그는 전국의 많은 산을 다닌 만큼 사찰도많이 다녔다. 그의 글에 등장하는 사찰은 널리 알려진 곳보다 잘알려지지 않은 곳이 더 많다. 그러면서도 은근한 아름다움이나 사연을 품고 있는 사찰을 많이 다루고 있다. 그렇기에 그의 글이 더욱 좋다.

수선사는 지리산 자락 왕산 웅석봉 아래 고즈넉이 자리를 잡고 있다. 마음을 닦기에는 최적의 장소나 다름없다.

우리는 살아가며 여러 곳에 의지한다. 여러 번 갈림길을 마주하고, 어려움에 부딪히기도 한다. 그럴 때 나는 가끔 산사를 찾곤 한다. 수선사는 번잡한 마음을 안정시켜 줄 수 있는 적격의 장소라 확신한다.

수선사는 일주문이 특이하다. 나무로 된 대문은 여느 절의 일주문에서는찾아볼 수 없는 매력을 가지고 있다. 절을 드나드는 사람이 스스로를 낮추고 고개 숙여 인사하게끔 만든다.

오죽烏竹 사이로 보이는 연못은 살포시 눈이불을 덮어 겨울잠 자는 생물들을 포근하게 감싼다. 한결 따스해진 햇살은 식물들에게 봄의 준비를 재촉한다. 겨울 산사는 마음을 따스하게 채우지만 이곳에도 독감이 드는 것은어쩔 수 없나 보다. 조경의 장인 여경 스님은 아직도 감기 기운을 다신 채였다. 스님과 창가에 앉아 대추차 한 잔을 마시며 이런저런 이야기를 이어나갔다.

수선사는 '일체유심조'의 마음으로 희한한 인연이 닿아 지어졌다고 한다. 처음엔 법당은 없고 정원만 있는 절이었으나 15년 만에 법당을 지었다고 한다. 소나무를 싣고 가는 차를 세워 나무 한 그루를 얻어 법당 앞에 심기도 했단다. 다랭이 논을 파면서 나온 돌로 연못을 만들고, 법당 뒤에서 나오는 물로 물길을 만들었다. 웅석봉에서 나오는 물로는 물레방아를 돌리고, 연못에 나무다리를 놓아 연못을 천천히 산책할 수 있도록 만들었다. 지금의 아름다운, 마치 정원 같은 수선사는 이러한 노력으로 탄생했다.

법당 뒤에는 수양매실 두 그루가 자태를 뽐내며 봄을 기다리고 있다. 법당 앞에는 작은 연못이 있는데, 그 앞에는 배롱나무 한 그루가 자리 잡고 있다. 시끌벅적하던 잔디밭 앞 자연의 놀이터에 겨울바람과 희미한 햇볕만이 노닌다.

여경 스님의 부탁으로 종무소 손볼 곳이 있다 하여 잠시 일손을 거들어드렸다.

- 「산청과 수선사_ 자연을 담다」 중에서

수선사라는 이름의 사찰은 전국에 몇 군데 더 있다. 지리산 웅석봉 아래 자리 잡은 산청 수선사는 정갈하면서도 단아한 풍경으로 유명한데, 특히 연못과 정원이 아름다운 사찰로 알려져 있다. 그는 살다가 어려움에 부딪히면 수선사를 찾는다고 했다. 수선사가 번잡한 마음을 안정시켜줄 수 있는 적격의 장소라면서. 글에서 그는 스님과 차를 마시고 스님의 일손을 도왔다. 스님이 종무소의 일을 외부인에게 부탁하면서도 편안해했다는 것은 그가 그만큼 수선사와 인연이 깊다는 뜻일 테다.

그가 사찰에 관해 쓴 글은 사찰 묘사 그 이상의 것을 담고 있다. 사찰 창건 설화, 스님과의 인연, 사찰에 얽힌 사연까지……. 그의 글이 지루하지 않은 까닭이다. 그의 글에는 그만의 철학이 담겨 있다. 수선사의 관한 글 말미에서도 이를 엿볼 수 있다. '인간은 스스로 본 것으로 이 세계의 만물을 판단하고 편견으로 바라본다. 그러나 자연은 있는 그대로를 바라본다. 꽃을 보라. 꽃눈은 1년, 2년, 어쩌면 몇 년이나 꽃을 피울 준비를 한다. 봄과 여름, 그리고 가을, 혹한의 겨울까지 견뎌낸 후에야 비로소 꽃을 피운다. 그런데 사람은 준비도 안 하고 성공하기를 바란다.' 자기가 본 것만으로 세상을 바라보고 판단하는 건 잘못되었다고 이야기한다. 덧붙여 노력 없이 성공만을 바라는 인간의 잘못된 모습을 자연과 비교하여 비판하고 있다. 이 같은 내용은 다른 글에서도 찾아볼 수 있다.

사람들은 20대, 30대를 청춘이라고 이야기한다. 하지만 나는 그렇게 생각하지 않는다. 바로 오늘이 청춘이다. 그래서 나는 내 생이 끝날 때까지 청춘으로 살고 싶다. 90세든 100세든, 그날, 그 시간이 바로 내가 가장 젊은 날이니까. 나는 오늘도 내 청춘을 그리며, 청도 운문사 길 위에 서 있다.

- 「청도 운문사_ 암자를 그리다」 중에서

이 글을 읽으니 우디 앨런 감독의 영화 〈미드나잇 인 파리〉가 생각난다. 영화 속 주인공은 '내 인생의 황금기는 언제나 지금 현재'라고 말한다. 그가 말한 것처럼 오늘이 바로 청춘이다. 마음이 이렇다면 우리 인간은 언제나 청춘을 살 수 있으리라.

　오어사 경내에는 조금 특별한 것들이 있다. 법당 출입문 문살이 모란 무늬로 정교하게 조각되어 꾸며져 있으며, 원효대사가 쓰고 다니던 삿갓이 보관되어 있다. 또한 주차장을 마주하고 샛문 양쪽에 모감주나무 두 그루가 오어사 출입문을 지키고 있다. 오뉴월에 오어사를 찾아오면 모감주나무의 노란 꽃이 만개한 풍경을 볼 수 있다. 멀리서 보면 마치 노란 개나리가 활짝 핀 것 같은 모습이다.

　사잇문을 들어서면 또다시 큰 나무 한 그루가 앞을 가로막는다. 이번에는 보리자나무다. 70년 정도 된 이 나무는 보리수, 보리장, 보리밥 등 비슷한 이름의 나무와 많이 헷갈리지만 이들과는 완전히 다른 나무다. 가을에 열매를 날려보내기 위해 날개를 만들어 간직하고 있다.… (중략) …

　조금 뒤로 물러나면 이 절의 큰 어른 나무가 오어사를 지키며 바라보고 있다. 240년의 세월을 견디며 묵묵히 오어사의 변화를 지켜본 배롱나무다. 옛날 절에서 단청을 칠하거나 그림을 그릴 때, 배롱나무꽃을 따서 물감에 섞으면 좀도 안 먹고 색도 잘 바래지 않는다 하여 웬만한 절에는 큰 배롱나무가 있다. 이 나무도 아마 그렇게 이 절에 오게 되었을 것이다.

- 「포항 오어사_ 역사와 낭만이 있는 그곳」 중에서

어느 해 겨울, 그는 포항 오어사를 찾았다. 오어사를 찾은 김에 오어지를 둘러 봤고, 원효암과 자장암도 둘러보았다. 그는 오어사를 우리나라에서 가장 아름다운 절이라고 했다. 사실 오어사와 오어지, 오어지 둘레길, 원효암과 자장암을 하나로 묶어서 본다면 절의 아름답기가 다른 그 어떤 사찰에 비할 바가 아니다.

그는 나무 전문가답게 나무를 통해 오어사를 바라보고 있다. 모감주나무, 보리자나무, 배롱나무…… 그는 눈썰미도 좋다. 그는 주차장을 마주하고 샛문 양쪽에 모감주나무 두 그루가 오어사 출입문을 지키고 있고, 사잇문을 들어서면 또다시 큰 보리자나무 한 그루가 앞을 가로막고 있으며, 240년 세월을 견뎌온 이 절의 큰 어른 나무인 배롱나무가 오어사를 지키며 바라보고 있다고 했다. 나 역시 오어사를 좋아해서 몇 번 다녔지만, 나무가 있는지, 있다면 어떤 나무가 있는지 등에 관해서는 한 번도 생각해 본 적이 없다.

또한 목탁 소리는 호수의 풍치와 오래된 고목과 아주 잘 어우러진다고 했다. 목탁 소리를 고목과 잘 어우러진다고 하다니, 절로 고개가 끄덕여진다. 덧붙여 그는 그 소리를 듣고 있노라면 세상 시름이 다 날아가는 듯하다고 했다. 이 글을 읽고 있노라면 절로 풍경이 그려진다. 내 마음속에 그려지는 풍경만으로 목탁 소리가 들리는 듯하고, 덩달아 시름이 날아가는 것 같다. 글이 남의 감정을 흔들리게 한다는 것은 그 글에 진심이 담겨 있기 때문일 것이다.

2-3. 길과 숲

그는 늘 길 위에 있다. 산길, 들길, 바닷길, 골목길…… 어쩌면 그는 죽는 날까지 길을 떠나지 않을 것이다. 책에는 그가 다닌 길들이 있다. 그중 제일 먼저 눈에 띈 곳이 태화강 100리 길이다. 그가 글을 쓴 것은 태화강 100리 길 4개 구간 중 2번째 구간이다. 망성마을에서 한실 고개를 넘어 반구대암각화와 천전리 각석을 지나 대곡박물관까지 가는 길이다. 4개 구간 중 가장 인기 있는 구간이다. 이번 글에는 꽃에 관한 이야기가 많다.

봄을 맞이한 자주목련은 주인이 반겨주지 않아도 부지런하게 자기 임무를 다한다. 예쁜 그림으로 피어난 뒤에는 내년을 준비할 것이다. 인간이 자리를 빼앗은 걸 항의하는 건지, 아니면 잡초의 생명력을 보여주는 건지, 소리쟁이는 그 단단한 아스팔트를 뚫고 올라와 만세를 부른다.

길가에 늘어선 새완두, 얼치기완두, 살갈퀴는 서로 덩굴손을 뻗어 많이 크겠다고 난리법석이지만 도토리 키재기나 다름없다. 엊그제 이른 봄을 알리던 홍매화는 벌써 씨방의 보금자리를 다듬고 있다. … (중략) …

늦잠을 자다 겨우 일어난 제비꽃과 붓꽃이 자태를 뽐내며 일광욕을 즐기려고 나왔다. 하지만 오늘은 일광욕을 즐기지 못할 것 같다. 지구 온난화로 올해도 봄이 빨리 찾아왔다. 봄꽃들도 피어날 기회를 재기가 난처한 건지, 피는 시기를 잃은 건지, 시도 때도 없이 가득 피어있다.

등산로 주변에는 여름을 준비하는 꽃들이 꽃봉오리를 만들며 꽃 잔치 준비를 벌이고 있다. 산허리를 따라서는 떡갈나무, 굴피나무가 영역 표시라도 하듯 길 양쪽에 늘어서 있고, 들펑나무와 쇠물푸레는 봄을 맞아 새하얀 한복으로 갈아입을 준비를 마쳤다.

- 「태화강 100리_ 옛길을 찾아서」 중에서

그와 같이 산길이나 들길을 걷다 보면, 그가 작은 식물 하나도 놓치지 않는다는 걸 알 수 있다. 그냥 발에 밟히는 흔한 풀도 그는 무심한 듯 챙겨 보고 설명을 해준다. 보통 사람의 눈에는 비슷비슷하게 보이는 것도 그는 잘 구별하여 말해준다. 나는 그를 통해 세상에는 꽃이 참 많다는 사실과 각 꽃은 사연과 의미를 품고 있다는 사실을 알게 되었다. 물론 그렇게 듣고도 밖에서 꽃을 보면 이름을 잊어버리는 것도 부지기수다. 그런 나에게 그는 참 대단하게 보인다.

그의 글에는 구구절절 사연이 많다. 그의 사연이 아닌 그가 걸으면서 만난 산, 바다, 사찰, 나무, 풀 등에 얽힌 사연들을 주렁주렁 매달아 놓았다.

'아버지는 망이 몰래 어미 소를 우시장에 내다 팔았다. 망이가 어미 소가 차고 있던 워낭만 바라보고 있자, 보다 못한 아버지는 망이에게 어미 소는 바다에 물을 먹으러 갔다며 거짓말을 한다. 이에 망이는 송아지를 데리고 언덕에 올라 바다를 바라보며 어미 소를 기다린다. 하지만 어미 소가 돌아

올 리가 없었다. 그러던 어느 날, 망이는 바다에서 소가 나오는 것을 목격한다. 그걸 본 망이는 워낭을 달아주기 위해 바다로 들어가고, 결국 망이도 영영 돌아오지 못했다.'

우가항에 전해지는 망이의 슬픈 이야기다. 우가항의 바다에는 아직도 망이의 애처로운 영혼이 녹아 있다.

- 「울산 강동길과 정자항_ 낭만이 깃드는 길」 중에서

본래 바다와 바닷가 마을에는 전설이 많다. 울산 북구 동해안 따라 오르는 곳에서 만나는 항구들은 그 이름 자체가 전설을 품고 있다. 그뿐만이 아니라 항구 안의 바위나 오래된 나무, 제당, 모두 제각기 사연을 품고 있을 정도로 전설이 많다. 이 글에는 우가항 전설, 할배당 전설, 용바위 전설 등 많은 이야기가 담겨 있다. 그런데 바닷가 전설 중에는 유독 바다로 갔다가 돌아오지 않는 것에 관한 전설이 많다. 아마도 고기잡이 나갔던 사람이 폭풍우를 만나서 돌아오지 못한 사연들이 많아서 그렇지 않을까 싶다. 우가항 전설도 그렇다. 망이가 결국 바다로 가서 영영 돌아오지 않는다는 이야기이다.

그는 숲은 항상 고마운 존재이며, 어릴 적 농촌에서 땔감 나무를 할 때부터 숲이 좋았다고 했다. 그런 그가 이번에 찾은 곳은 강원도 인제 원대리 자작나무숲이다.

자작나무는 20m에서 30m까지 높이 자라는 나무다. 광합성을 위해 햇살이 잘 들지 않는 곳의 가지는 잘라낸다. 가지가 떨어져 나간 자리에는 검은 눈동자가 생긴다. 그 눈동자가 자작나무의 새하얀 껍질과 어우러져 마치 숲의 파수꾼 같은 기하학적인 무늬가 완성되는 것이다. 자작나무는 예로부터 수많은 용도로 사용되었으나 사람처럼 자만하지도 않고 욕심도 없다. 다른 나무와 달리 수명은 100년 정도다. 겸손한 숲속의 왕, 자작나무는 모든 것을 사는 동안 내어준 후에 그 자리를 누군가에게 넘겨준다.

- 「인제 원대리 자작나무 숲_ 겸손한 숲속의 왕」 중에서

그의 글에는 언제나 소박한(?) 철학이 담겨 있다. '자작나무는 사람처럼 자만하지도 않고 욕심도 없다. 겸손한 숲속의 왕 자작나무는 모든 것을 사는 동안 내어준 후에 그 자리를 누군가에게 넘겨준다.' 라는 말에 겸손하면서도 베풀 줄 아는 그의 인품이 묻어난다. 자연에서 배우고, 그 배움으로 체화하여 자신의 인품을 기르는 것. 그는 진정한 자연인이며, 자연의 철학자이다.

3. 자연과 하나 된 사람, 문기열

그와 함께 다닐 때면 나는 그냥 그를 믿고 따른다. 그는 언제나 정확하다. 20여 년 동안 산악회 회장직을 맡아왔기 때문에 사람들

을 이끌고 여행을 다니는 게 보통 힘든 일이 아니라는 걸 잘 안다. 거기다가 언제나 벗어남 없이 정확히 다니고, 그러면서도 작은 것 하나 놓치지 않고 챙겨서 설명하는 건 결코 쉬운 일이 아니다. 그런데도 그는 늘 진지했고 한결같이 편안했다. 내공이 깊지 않고는 불가능한 일이다.

　그는 늘 자연을 사랑했고 산과 바다와 나무를 좋아했다. 그래서 인지 틈만 나면 자연으로 갔다. 자연에 파묻힌 것이다. 그러나 가만히 생각해 보면 자연이 그를 품거나 자연에게 안기기 위해 그가 간 것이 아니라 그가 자연을 품은 것만 같다. 더 나아가 그가 자연과 하나가 된 것만 같다. 30여 년을 우리 산천과 함께한 사람. 진정으로 자연과 하나가 된 사람. 그 삶의 이력이 오롯이 담긴 책,『그곳에 가면』. 이 책이 사람들에게 널리 읽히면 좋겠다. 문기열, 그가 쓴 책에는 평생 자연과 함께 살아온 그의 진심이 담겨 있다. 그렇기에 책을 읽는 사람이 누구든 그 마음이 움직일 것이다.